Linda Chapman

Stardust
Wolkenpferde

Im Land der Elfen

Aus dem Englischen von Julia Walther

Illustrationen von Kirsten Straßmann

KOSMOS

Umschlaggestaltung von Michael Kimmerle, Stuttgart, unter Verwendung einer Illustration von Carolin Ina Schröter, Berlin
Innenillustrationen von Kirsten Strassmann, Recklinghausen.
Aus dem Englischen übersetzt von Julia Walther.

Unser gesamtes lieferbares Programm und viele weitere Informationen zu unseren Büchern, Spielen, Experimentierkästen, DVDs, Autoren und Aktivitäten finden Sie unter **www.kosmos.de**

Dieser Sammelband enthält:

Stardust Wolkenpferde – Himmelszauber (Bd. 1)

Titel der englischen Originalausgabe: Stardust – Cloudhorses: Weather Magic

Stardust Wolkenpferde – Magischer Bann (Bd. 2)

Titel der englischen Originalausgabe: Stardust – Cloudhorses: The trapping stone

FSC
Mixed Sources
Product group from well-managed forests and other controlled sources
www.fsc.org Cert no. SA-COC-001819
© 1996 Forest Stewardship Council

ISBN: 978-3-440-12362-1
Produktion: DOPPELPUNKT, Stuttgart
Printed in The Czech Republic / Imprimé en République tchèque

Stardust
Wolkenpferde

Himmelszauber

Stardust Wolkenpferde Magischer Bann 133

1

„Darf ich an den Strand gehen?“, fragte Luna, als ihre Stiefmutter das Auto an der Straße mit den kleinen Steinhäusern parkte.

Jo schaltete den Motor aus. „Natürlich. Aber komm zuerst kurz mit rein und sag Tante Alice Hallo.“

„Ja, klar, mache ich.“ Als Luna aus dem Auto hüpfte, wehte ihr der Wind die langen schwarzen Haare ins Gesicht. Am grauen, wolkenverhangenen Himmel über ihr schrien die Möwen.

Lachmöwe, Dreizehenmöwe, Sturmmöwe, dachte Luna bei ihrem Anblick. Sie hatte ihr ganzes Leben an der Küste von Dorset gewohnt und kannte die Namen aller Tiere, die hier lebten. Sie wollte später mal Tierärztin werden – oder Springreiterin. Pferde waren ihre absoluten Lieblingstiere!

Jo hatte schon fast die Tür eines der kleinen grauen Häuschen erreicht. Sie drehte sich um. „Na, komm schon, du Tagträumerin“, meinte sie lachend.

Da wurde Luna erst klar, dass sie einfach nur in die Luft gestarrt hatte. Verlegen folgte sie Jo. Ihre Familie zog sie regelmäßig wegen ihrer Tagträumereien auf.

Jos Großtante Alice öffnete ihnen. Sie war einundneunzig Jahre alt und konnte sich nur noch ganz langsam bewegen. Ihr Gedächtnis war aber ausgezeichnet. Luna liebte es, den Geschichten von früher zu lauschen, als Alice noch klein war. „Hallo, meine Liebe“, begrüßte Tante Alice Jo mit einem Kuss auf die Wange. „Und Luna ist auch dabei. Wie schön! Kommt rein.“

Drinnen kamen sofort die zwei Katzen von Tante Alice angetapst und strichen schnurrend um Lunas Beine. Sie beugte sich hinunter, um die beiden zu streicheln.

„Nun lass mich raten“, sagte Tante Alice lächelnd. „Draußen ist es trocken. Also möchtest du vermutlich heute lieber an den Strand, als meine alten Geschichten anzuhören."

„Ja, wenn du nichts dagegen hast", erwiderte Luna ein bisschen verschämt.

„Aber natürlich nicht." Luna war sich sicher, dass Tante Alice wusste, wie gerne sie alleine an den Strand ging. Zu Hause war sie nie für sich. Sie hatte drei ältere Stiefbrüder, die das Haus mit Lärm füllten. Ständig herrschte irgendwo Geschrei. Sportsendungen dröhnten Tag und Nacht aus dem Fernseher. Manchmal kam Luna sich vor wie eine Fremde. Niemand sonst in ihrer Familie mochte die Dinge, die sie mochte: Pferde und lesen und sich Geschichten ausdenken.

„Aber mach dich gleich auf den Heimweg, wenn es wieder nach Regen aussieht." Jo wandte sich an Tante Alice. „Unglaublich, was wir in letzter Zeit für Wetter hatten. Es ist so wechselhaft. Eine Minute Regen, dann wieder Sonnenschein."

Während die beiden übers Wetter sprachen, verließ Luna das Haus.

Draußen rannte sie die Straße entlang, bis sie zu dem Pfad kam, der zwischen hohen Hecken Richtung Meer führte. Luna war glücklich. Endlich allein und den Kopf voller Pferdegedanken. Was für ein Pferd wäre ihr Traumpferd? Ein schwarzer Hengst mit weißem Abzeichen? Ein kastanienbraunes Springpony? Sie entschied sich schließlich für einen Apfelschimmel, einen wunderschönen Araber mit seidigem Fell.

Sie stellte sich vor, ihn zu reiten. Sie tat so, als würde sie die Zügel halten, schnalzte mit der Zunge und trabte los. Dann ließ sie ihr Pferd scheuen, als hätte es etwas in der Hecke gesehen, und galoppierte um die Kurve. Dort mündete der Pfad in den Küstenweg.

Erschrocken hielt sie an und wurde rot. Eine Frau und ein Mädchen kamen ihr entgegen. Die Frau hatte lange blonde Haare und lächelte ihr freundlich zu. „Hallo“, grüßte sie.

Auch das Mädchen wirkte nett. Sie schien ungefähr so alt zu sein wie Luna. Ihre Augen waren braun, viele dunkle Locken umrahmten ihr Gesicht. „Hi“, sagte sie.

Luna stöhnte innerlich. Wie peinlich! Die beiden hatten bestimmt gesehen, dass sie so getan hatte, als sei sie ein Pferd. „Hallo“, murmelte sie mit hochroten Backen. Schnell ging sie weiter.

„Komm, Xanthe“, hörte sie das Mädchen sagen, als sie auf den Pfad abbogen.

Luna rannte oben an den Klippen entlang. Links von ihr war das Meer. Die Wellen rollten die Kieselsteine des kleinen Steinstrandes hin und her. Zu ihrer Rechten lagen die grünen und gelben Felder, die durch Steinmauern und Hecken getrennt wurden. Zwischen den Feldern standen vereinzelt ein paar Bauernhöfe. Lunas Blick fiel auf das Haus, das den Klippen am nächsten stand. Felsenhaus hieß es. Luna kannte den Namen, weil es einst der Familie ihrer Mutter gehört hatte. Nicht Jos Familie, sondern der ihrer richtigen Mutter. Sie war gestorben, als Luna drei war. Das Haus stand lange Zeit leer, doch Anfang des Jahres hatte es jemand gekauft und angefangen zu renovieren. Inzwischen waren das Gerüst und die Bauarbeiter verschwunden. Stattdessen parkte ein schicker silberner Sportwagen davor. Es musste also jemand eingezogen sein. Hinter dem Haus gab es einen Stall und ein kleines Wäldchen.

Während sie weiter davon träumte, wie es wäre, selber Ponys und Weiden zu haben, bog Luna auf einen anderen Trampelpfad ab. Er wurde von überhängenden Bäumen fast verdeckt und führte hinunter zum Strand. An manchen Stellen war der Weg so steil, dass Luna sich an Grasbüscheln festhalten musste. Doch sie war hier schon so oft hinuntergeklettert, dass sie genau wusste, wo sie aufpassen musste. Schließlich erreichte sie die kleine Bucht. Sie spazierte ein Stück den Strand entlang, bevor sie sich auf einen großen Felsen setzte. Das hier war einer ihrer liebsten Orte. Abgesehen von den Rufen der Vögel war es absolut ruhig.

Lunas Blick wanderte die gezackte Küste entlang. Auf der anderen Seite der Bucht endeten die Klippen in einer Landzunge. An deren Ende ragten drei großen Felsen aus dem Wasser. Zwei standen aufrecht, und der dritte war fast rund und hatte in der Mitte ein Loch. Dieses Loch war so groß, dass ein Erwachsener ohne Probleme hindurchklettern konnte. Die Leute hier in der Gegend nannten diese drei Felsen „Das Ende der Welt". Bei Ebbe konnte man sie über den Strand erreichen. Wenn Flut war, verschwand die Landzunge im Meer.

Luna blickte auf die Wellen und scharrte dabei mit den Füßen in den Kieselsteinen. Sie purzelten durcheinander, grau, weiß und braun. Luna schaute genauer hin. Vielleicht war ja ein Zauberstein dabei? So nannte sie insgeheim die Steine mit einem Loch in der Mitte. Tante Alice hatte ihr erzählt, dass die Leute früher solche Steine außen ans Haus hängten, um Hexen zu vertreiben. Außerdem hatten sie versucht, damit zu zaubern. Damals glaubte man, dass diese Steine für alle Arten von Wetterzauber, Heilungs- oder Schutzzauber funktionierten.

Da! Luna hatte einen entdeckt. Es war ein glatter grauer Stein, der von weißen Linien durchzogen war. Sie hob ihn auf. In der Mitte hatte er ein Loch, groß genug, dass sie einen Finger durchstecken konnte. Luna drehte den Stein in der Hand hin und her. Nur ein Loch. Manchmal hatten diese Steine auch mehrere Löcher. Und wieder andere hatten kleine Löcher, in denen Bruchstücke von Kieseln oder Muscheln steckten. Jeder war anders. Luna hob die besten für ihre Sammlung zu Hause auf. Sie fuhr mit dem Finger über die glatten Seiten des Steins in ihrer Hand.

Es gefiel ihr, wie das Grau und das Weiß sich vermischten und wie weich er sich anfühlte. Diesen hier würde sie definitiv behalten. Plötzlich schien es in ihren Fingern zu kribbeln. Außerdem hatte sie den Eindruck, das Aufeinanderprallen der Kiesel im Wasser sei auf einmal irgendwie lauter geworden.

Luna malte sich aus, wie es wäre, wenn man mit den Zaubersteinen tatsächlich zaubern könnte. Das wäre einfach genial, dachte sie. Sie glaubte immer noch an Magie, auch wenn sie inzwischen fast elf war. Sie erzählte niemandem davon, die anderen würden sie sonst bloß hänseln. Aber tief in ihrem Innern war sie einfach fest davon überzeugt, dass es Magie gab.

Nun hielt sie den Stein hoch in Richtung Himmel und schaute durch das Loch.

Doch was war das? Vor lauter Schreck hätte sie den Stein beinahe fallen lassen. Pferde! Da waren Pferde in den Wolken!

Rasch blickte Luna über den Stein hinweg in den Himmel. Jetzt sahen die Wolken wieder völlig

normal aus. „Seltsam."
Sie blinzelte und betrachtete den Stein in ihrer Hand. Da war wohl ihre Phantasie mit ihr durchgegangen. Das war doch bloß Einbildung, oder?

Natürlich war es das, ermahnte sie sich selbst.

Ganz langsam hob sie den Stein noch einmal Richtung Himmel. Sie schnappte nach Luft. Kein Zweifel! Da waren eindeutig Pferde in den Wolken!

2

Luna hielt fasziniert den Atem an. Die Wolken waren grau und dick, an manchen Stellen gezackt wie eine Bergkette. Darüber verteilt befanden sich verschiedene Gruppen von Pferden: Stuten mit jungen Fohlen, eine Gruppe junger Hengste und eine Horde Einjähriger, die von einer wunderschönen Stute geleitet wurden. Die Farben der Pferde reichten von reinstem Weiß bis zu einem dunklen Grauschwarz.

Luna hob und senkte den Stein mehrmals. Doch jedes Mal, wenn sie durch ihn hindurchschaute, waren die Pferde immer noch da. Was war hier los?

Sie sprang auf und rannte den Strand und die Klippen entlang zurück. Atemlos erreichte sie schließlich das Haus ihrer Tante und klingelte Sturm.

Jo öffnete ihr. Als sie Lunas große Augen sah, runzelte sie die Stirn. „Ist was passiert?“

„Am Himmel! Ich habe etwas am Himmel gesehen“, japste Luna. Ihre Lungen taten weh vom schnellen Laufen.

„Wovon redest du denn?“, wollte Jo verwundert wissen.

Tante Alice tauchte nun ebenfalls im Flur auf. „Luna, ist alles in Ordnung?“

„Nein.“ Lunas Blick wanderte aufgeregt von einer zur anderen. „Da sind Pferde am Himmel!“

„Pferde am Himmel?“ Jos Miene entspannte sich sichtlich. „Ach, Luna. Und ich habe mir schon Sorgen gemacht!“

„Ich denke mir das nicht aus. Es stimmt!“, rief Luna. „Sieh selbst! Halte ihn Richtung Himmel und schau durch das Loch.“ Sie drückte Jo den Stein in die Hand.

Ungläubig schüttelte ihre Stiefmutter den Kopf. Als sie durch das Loch des Steins hindurchsah, zuckte sie zusammen und fasste sich ans Herz. „Aber ja doch! Pferde!“

„Du kannst sie auch sehen!“ Luna war so erleichtert. Also war sie doch nicht verrückt!

„Ja, und ein feuerspeiender Drache und ein Schloss und eine Fee.“ Lachend gab Jo ihr den Stein zurück.

Luna hatte das Gefühl, als wäre sie ein Ballon, dem jemand langsam die Luft abließ. „Aber da sind Pferde“, beharrte sie verwirrt. „Ich kann sie sehen.“ Verzweifelt wandte sie sich an ihre Tante. „Kannst du sie sehen, Tante Alice?“

„Ach, Luna …“ Jo runzelte unwillig die Stirn.

Doch Tante Alice nahm den Stein und sah hindurch. Luna hielt die Luft an, aber die alte Dame schüttelte den Kopf. „Ich sehe nichts als Wolken, meine Liebe“, sagte sie. „Aber als ich klein war, erzählte man sich Geschichten von Pferden, die im Himmel leben. Wolkenpferde wurden sie genannt. Ich erinnere mich noch genau. Die Leute sagten, es seien Zauberpferde, die über das Wetter herrschten. Sie konnten guten oder schlechten Wind bringen. Es hieß, man könnte sie manchmal an besonders stürmischen Tagen zu Gesicht bekommen. Ich habe endlos lange in den Himmel gestarrt, aber ich habe sie nie gesehen. Dabei wollte ich es unbedingt!"

„Wolkenpferde", flüsterte Luna. Sie sah wieder durch ihren Stein hinauf in den Himmel. Da waren sie, schüttelten ihre Mähnen und trabten zusammen umher, während sich immer mehr graue Wolken zusammenballten. Lunas Finger schlossen sich um den Stein. Was war hier los?

Magie ... Dieses eine Wort schwirrte ständig in ihrem Kopf umher. Warum kann nur ich die Wolkenpferde sehen, dachte sie verwirrt. Welcher Zauber steckte hier dahinter?

Am Nachmittag fuhren Jo und Luna zurück nach Eggleston, der kleinen Stadt, in der sie wohnten. Als sie das Haus betraten, kam gerade Jake, Lunas zwölf Jahre alter Bruder, mit einem Ball unterm Arm die Treppe heruntergestürmt. „Tor!", brüllte er und schoss den Ball übers Geländer hinweg, sodass er beinahe Lunas Kopf traf.

Ben und Sam, die dreizehn und vierzehn waren, liefen aus der Küche ins Wohnzimmer. Dort wurde im Fernsehen lautstark ein Fußballspiel übertragen. „Wetten, dass es zwei-eins ausgeht?“, meinte Ben.

„Nee, ich glaube, drei zu drei, und dann gibt es Elfmeter“, widersprach Sam.

„Hallo, Jungs“, meinte Jo trocken. „Freut mich auch, euch zu sehen.“

Schnell lief Luna nach oben in ihr Zimmer und machte die Tür zu, um dem Fernsehlärm zu entgehen. Ihr Zimmer war nicht sonderlich groß. Es gab gerade genug Platz für ein Bett, einen Schrank und einen Schreibtisch. Doch dafür war das Fensterbrett breit genug, dass Luna darauf sitzen konnte. An einem Ende stand eine dunkle alte Holzkiste. Luna machte es sich gemütlich und zog die Kiste zu sich heran. Darin befanden sich lauter Zaubersteine und ein zusammengefaltetes Stück Papier. Die Kiste hatte früher ihrer Mutter gehört. Luna hatte schon immer gerne mit den Steinen gespielt, und als ihre Mutter starb, hatte ihr Vater ihr die Kiste geschenkt. Inzwischen hatte Luna die

Steinsammlung erweitert, sodass die Kiste fast voll war. Nun legte sie den Zauberstein, den sie am Strand gefunden hatte, neben sich und nahm einen ähnlichen aus der Kiste. Würde dieser auch funktionieren?

Sie hielt ihn vors Auge – und tatsächlich! Wieder sah sie die Wolkenpferde am Himmel. Einige hatten den Kopf erhoben und die Ohren gespitzt, als würden sie auf etwas lauschen. Luna wählte einen anderen Stein, einen mit vielen kleinen Löchern. Doch als sie durch diesen hindurchschaute, konnte sie nur Wolken sehen. Das Gleiche galt für ein paar andere Steine. Also funktionierten manche der Zaubersteine und andere nicht. Sie rieb sich die Stirn. Was ging hier vor sich?

„Wetterzauberin!“ Eine Stimme schien plötzlich ihren Kopf zu füllen. Luna sprang erschrocken auf und sah sich um. Es hatte geklungen, als würde jemand direkt hinter ihr stehen. Aber da war niemand.

Sie holte tief Luft und sah den Stein an. „Hallo?“, flüsterte sie. Ihr Herz klopfte laut. Mit wem sprach sie hier eigentlich?

„Wetterzauberin, hilf mir!“, bat die Stimme eindringlich. „Ich bin gefangen worden. Man will mich für dunkle Zwecke missbrauchen. Schreckliche Stürme und Chaos werden über die Küste hereinbrechen. Du musst mich befreien. Ich …“ Die Stimme verwandelte sich in ein Flüstern. „Die

Böse kommt!“ Dann hörte Luna ein Wiehern. Es klang trotzig und wütend. Und plötzlich war Stille.

„H… hallo?“, stammelte Luna unsicher.

Aber es kam keine Antwort.

Luna starrte den Stein an. Wer bat hier um Hilfe? Es hatte geklungen wie ein Pferd. Aber das war verrückt!

Auch nicht verrückter als Pferde im Himmel, dachte sie dann.

Die Worte, die sie eben gehört hatte, hallten in ihrem Kopf wider: *Ich bin gefangen worden … Chaos wird hereinbrechen … du musst mich befreien.*

Luna fuhr sich durch die Haare. Sie war völlig verwirrt. Wieder sah sie durch den Zauberstein in den Himmel. Als hätten sie einen Befehl bekommen, marschierten die Pferde plötzlich alle Richtung Osten. Luna schaute zu, wie sich die Wolken langsam verzogen. Zurück blieb blauer Himmel. Schließlich war keine Wolke – und kein Wolkenpferd – mehr zu sehen.

3

Für den Rest des Tages blieb der Himmel klar, doch Lunas Gedanken kreisten ständig um die Wolkenpferde. Bevor sie ins Bett schlüpfte, ging sie noch einmal zur Kiste mit den Zaubersteinen. Warum funktionierten manche von ihnen und andere nicht? Sie strich mit den Fingern über die Steine. Da stieß sie auf das Stück Papier, das ihre Mutter zusammen mit ihren Steinen in der Kiste aufbewahrt hatte.

Luna nahm es heraus. Es war alt und die Buchstaben darauf verblasst. Irgendwann musste jemand mal Wasser oder eine andere Flüssigkeit darauf verschüttet haben. Am unteren Rand war die Tinte nämlich weggewaschen. Man sah nur noch einige schwache Zeichen. Der Teil, den Luna lesen konnte, klang sehr geheimnisvoll:

Wenn die Dunkle zurückkehrt,
wird sich das Tor ein weiteres Mal öffnen
und alle auf Erden in Schrecken versetzen.
Ist das Band jedoch zerrissen, werden sie
wieder behütet sein.
Doch sobald einer sich gefügig zeigt,
wird die Macht des Dunklen wachsen,
bis ...

Das war's. Der Rest der Worte war unleserlich. Jedes Mal, wenn Luna den Text las, fragte sie sich, was er wohl bedeutete und wer ihn geschrieben hatte. Die Handschrift ihrer Mutter war es nicht. Außerdem stand oben ein Datum: 8. August 1903. Damals hatte ihre Mutter noch gar nicht gelebt. Warum aber hatte sie den Zettel in der Kiste mit den Zaubersteinen aufbewahrt? Sie seufzte, faltete das Papier wieder zusammen und legte es zurück in die Kiste. Wahrscheinlich würde sie nie erfahren, warum ihre Mutter es aufgehoben hatte.

Luna nahm den Stein, den sie am Strand gefunden hatte, mit ins Bett und legte ihn unter ihr Kopfkissen. Sie fing an, ein Buch zu lesen. Heute war jedoch so viel passiert, dass sie müde war und bald einschlief. Sie dachte, sie würde von Wolkenpferden träumen. Stattdessen träumte sie, sie würde fliegen. Diesen Traum hatte sie schon oft gehabt. Er fing immer damit an, dass sie im Garten stand und zu den Sternen hinaufsah. „Ich glaube an Sternenstaub“, sagte sie im Traum. „Ich glaube an Sternenstaub. Ich glaube an Sternenstaub.“

Und wenn sie die Worte zum dritten Mal ausgesprochen hatte, wurde ihr Körper plötzlich ganz leicht und in die Luft emporgehoben – dann flog sie!

Genauso lief es jedes Mal ab. Sie flog einfach davon in Richtung der Sterne. Das Seltsame war, dass ihr im Traum das Fliegen völlig normal und echt vorkam. So echt, dass sie sogar ein paar Mal nachts in den Garten geschlichen war und die Worte vor sich hin gemurmelt hatte. Natürlich war nie etwas passiert. Sie stand einfach nur da und ging schließlich zurück in ihr Zimmer. Sie kam sich hinterher immer ganz dumm vor, dass sie geglaubt hatte, es könnte wirklich etwas geschehen.

In ihrem Traum flog Luna nun fröhlich umher und genoss das Gefühl der Nachtluft, die ihr um die Nase wehte.

„Wetterzauberin!" Erschrocken hielt sie in der Luft inne. „Hilf mir!"

Luna sah sich verwirrt um. Das war die Stimme des Pferdes, die sie heute Nachmittag gehört hatte.

„Du bestehst aus Sternenstaub. Wetterzauberei liegt dir im Blut. Benütze deine Magie, um mir zu helfen."

„Was meinst du?", stammelte Luna verwirrt.

„Glaube an Sternenstaub. Glaube heute Nacht daran. Benutze den Stein!" Das Pferd wieherte eindringlich. „Tu es heute Nacht!"

Luna schreckte aus dem Schlaf hoch. Das Wiehern schien noch in ihren Ohren nachzuhallen. Was machte denn das Pferd in ihrem Traum? Was hatte es gemeint? *Benutze den Stein ... tu es heute Nacht.* Schnell griff sie unter ihr Kissen nach dem Zauberstein.

Mondlicht fiel zwischen den offenen Vorhängen hindurch. Entweder ihr Vater oder Jo waren da gewesen, hatten das Licht ausgeschaltet und ihr Buch auf den Nachttisch gelegt.

Benutze den Stein ...

Aber wie?

Luna setzte sich auf und sah den Stein an. Je mehr sie ihre Gedanken darauf konzentrierte, desto größer schien das Loch in der Mitte zu werden. Luna blinzelte. Sie hatte das Gefühl, als würde eine geheimnisvolle Kraft aus dem Stein sie anziehen. Das Zimmer um sie herum schien zu verschwimmen. Plötzlich wurde es ganz dunkel. Luna schnappte erschrocken nach Luft, hielt den Stein umklammert und sah sich um. Was war hier los?

Nach und nach ließ die Dunkelheit ein wenig nach. Mit einem kalten Schaudern bemerkte Luna, dass sie sich nicht mehr in ihrem Zimmer befand. Sie stand in einem Wald! Das kann nicht sein, dachte sie verwirrt. Ich bin in meinem Zimmer, das weiß ich genau! Aber der Wald kam ihr ganz wirklich vor. Blätter raschelten im Wind, und es roch nach feuchter Erde. Luna hatte das Gefühl, zu träumen und gleichzeitig wach zu sein. Rasch rappelte sie sich auf und sah sich um. Sie stand auf einer Lichtung. Durch die Bäume konnte sie einen Stall aus grauem Stein erkennen. Auf dem Dach steckte eine Wetterfahne in der Form eines sich aufbäumenden Pferdes. Sein Gesicht wirkte böse. Das Maul war aufgerissen, als wolle es gleich zubeißen. Die Vorderhufe wirbelten durch die Luft wie bei einem Angriff. Luna erschauderte und schaute weg. Dabei sah sie aus dem Augenwinkel etwas Weißes neben sich aufblitzen. Ein Pferd trat aus dem Schatten der Bäume und blieb am Rand der Lichtung stehen.

Luna hielt den Atem an und traute ihren Augen kaum. Dort stand ein schneeweißer großer Hengst mit elegant gebogenem Hals und stolzen schwarzen Augen! Seine Mähne war lang und dicht. Darunter erkannte Luna ein schwarzes Seil, das um seinen Hals hing. Noch nie in ihrem Leben war ihr so ein schönes Pferd begegnet!

Als es sie ansah, wusste sie plötzlich, dass dies das Pferd war, das nachmittags und in ihrem Traum mit ihr gesprochen hatte. „Du bist es, oder?“, flüsterte sie.

Der weiße Hengst nickte: „Ja, ich brauche deine Hilfe.“ Sein Maul bewegte sich dabei nicht. Wie schon zuvor hörte sie seine Stimme in ihren Gedanken. „Ich bin von einer dunklen Macht gefangen. Du musst mich befreien, Wetterzauberin. Tu, was ich dir im Traum gesagt habe. Glaube an Sternenstaub. Glaube heute Nacht daran. Dann such mich nahe den Felsen am Ende der Welt.“

„Was … was meinst du damit?“, stotterte Luna. „Was für Sternenstaub? Und warum nennst du mich immer Wetterzauberin?“

Doch bevor der Hengst ihre Fragen beantworten konnte, wurde es Luna auf einmal schwarz vor Augen. Das Pferd und der Wald schienen sich von ihr zu entfernen und immer kleiner zu werden.

Grelles Licht blendete sie. Luna blinzelte und stellte fest, dass sie sich wieder in ihrem Zimmer befand, wo ihr das Mondlicht direkt ins Gesicht schien. Zitternd hielt sie sich an ihrer Bettdecke fest. Was sollte sie tun?

Sie kannte die Antwort, noch bevor sie die Frage richtig zu Ende gedacht hatte. Obwohl sie sich selbst sagte, dass das völlig verrückt war, schlich sie nach unten. Den Zauberstein nahm sie mit. So leise sie nur konnte, zog sie die Hintertür hinter sich zu. Dann lief sie auf die Wiese und sah hinauf in die Sterne.

„Ich glaube an Sternenstaub", flüsterte sie. „Ich glaube an Sternenstaub." Sie wurde ganz aufgeregt. Sie hatte heute Wolkenpferde gesehen. Sie hatte im Traum mit einem Hengst gesprochen. Alles Dinge, die es angeblich gar nicht gab. Warum also sollte das hier nicht auch funktionieren?

Bitte, bitte, bitte, dachte sie.

„Ich glaube an Sternenstaub", sagte sie leise.

Ihr Körper schien auf einmal ganz leicht zu werden, genau wie in ihren Träumen. Dann flog sie hinauf in die Luft und drehte sich in einem Nebel aus glitzerndem Licht.

„Oh, wow!“, staunte Luna fassungslos.

Sie sah an sich hinab und stellte fest, dass sich ihr Nachthemd in ein perlgraues Kleid verwandelt hatte. Der Rock wirbelte um ihre Beine. Sie flog – sie flog tatsächlich! Aber das kann doch nicht wahr sein, sagte eine Stimme in ihrem Kopf.

Ist es aber!, dachte Luna. Sie strahlte vor Freude. Das hier war kein Traum. Sie flog!

Entschlossen verdrängte sie alle Zweifel und Fragen aus ihren Gedanken. Ihr war wieder eingefallen, was das Pferd gesagt hatte. *Du findest mich bei den Felsen am Ende der Welt.*

Während sie über die Straßen und Wälder hinwegflog, kribbelte es sie am ganzen Körper. Immer wieder lachte sie vor Begeisterung, flog Schleifen und Wellen. Dabei genoss sie den Wind, der ihr durchs Haar strich, und das Licht der Sterne, das sie umfing. Sie wusste zwar nicht, was hier passierte oder warum es passierte, aber es war auf jeden Fall der unglaublichste Tag ihres Lebens!

Kurze Zeit später erkannte sie im hellen Mondlicht die drei Felsen, die das „Ende der Welt" bildeten. Sie landete am Kieselstrand. Die Steine fühlten sich hart und kalt unter ihren Füßen an. Was sollte sie jetzt machen? Bis zu den Felsen vorgehen? Aber der Hengst hatte nicht gesagt, dass er genau dort sein würde. Sie würde ihn in der Nähe finden, waren seine Worte gewesen. Als sie gerade versuchte, sich zu entscheiden, wohin sie gehen sollte, hörte sie über sich plötzlich einen leisen Schrei.

„Oh!“

Luna zuckte zusammen und sah nach oben. Sie traute ihren Augen kaum. Über ihr flog ein Mädchen durch die Luft!

4

Das Mädchen sah Luna aus großen, haselnussbraunen Augen an.

„Was … wer …?“, stammelte Luna. Ihr wurde plötzlich klar, dass es sich um dasselbe Mädchen handelte, das ihr heute auf den Klippen begegnet war. Doch statt der kurzen Hosen vom Nachmittag trug sie nun ein goldenes Kleid.

„Du bist auch eine Sternenstaub-Elfe!“, rief das Mädchen. Sie flog zu Luna herunter und starrte sie an, als könne sie ihren Augen nicht trauen. „Aber wie kann das sein? Xanthe hat doch gesagt, es gibt hier sonst keine Sternenstaub-Elfen! Wow!“ Die Worte sprudelten nur so aus ihr heraus. „Das ist ja phantastisch! Kennst du noch andere Sternenstaub-Elfen? Wie lange bist du schon eine? Das ist ja so cool!“

Das Mädchen hätte genauso gut eine fremde

Sprache sprechen können. „Wer ... wer bist du denn?“, brachte Luna schließlich heraus. „Und was ist eine Sternenstaub-Elfe?“

„Ich heiße Erin“, antwortete das Mädchen mit den dunklen lockigen Haaren. „Wie meinst du das – was ist eine Sternenstaub-Elfe? Du bist eine. Ich bin eine.“ Sie zeigte auf Lunas Kleid. „Du musst doch etwas über Sternenstaub-Elfen wissen, sonst hättest du dich nicht in eine verwandeln können.“

„Ich habe keine Ahnung, von was du redest“, meinte Luna hilflos. „Ich habe heute Abend diese Worte aufgesagt – Worte, von denen ich geträumt habe –, und plötzlich flog ich durch die Luft. Mein Nachthemd hat sich in dieses Kleid verwandelt.“

„Oh!“ Erins Augen wurden noch größer. „Dann bist du bestimmt völlig verwirrt. Du meine Güte! Komm, am besten setzen wir uns hin und ich versuche, es dir zu erklären.“ Sie hockte sich auf den Stein, auf dem Luna nachmittags gesessen hatte. „Wie heißt du denn?“, fragte sie.

„Luna Davies.“ Luna setzte sich neben sie.

Erin grinste sie an. „Hallo. Na, dann erzähl ich dir mal, was ich über Sternenstaub-Elfen weiß. Viel ist das allerdings nicht, denn ich habe mich selbst erst vor drei Nächten zum ersten Mal in eine verwandelt. Es ist ein bisschen kompliziert, aber ich probier's jetzt mal: Also, jeder Mensch auf der ganzen Welt hat Sternenstaub in sich. Das macht die Menschen phantasievoll und kreativ. Aber manche Menschen haben mehr Sternenstaub als andere. Meistens erkennt man das daran, dass sie Tiere lieben und an Magie glauben und mehr Phantasie haben als andere Leute. Diese Menschen jedenfalls – die mit dem Extra-Sternenstaub – können sich nachts in Sternenstaub-Elfen verwandeln, wenn sie die magischen Worte ‚Ich glaube an Sternenstaub‘ dreimal hintereinander aufsagen.“

„Aber ... aber ich habe das bereits vorher versucht. Ich hatte diesen Traum schon so oft. Aber nie ist was passiert“, meinte Luna.

„Das liegt daran, dass sich die Planeten am

richtigen Ort befinden müssen, wenn du es das erste Mal sagst“, erklärte Erin ihr. „Nach dem ersten Mal funktioniert es dann immer. Eine Sternenstaub-Elfe zu sein ist phantastisch! Wir können fliegen und zaubern. Wir helfen der Natur und machen das wieder gut, was gedankenlose Menschen an Schaden anrichten. Wir können zum Beispiel Pflanzen wachsen lassen, die von einem Feuer zerstört wurden, oder uns um bedrohte Tierarten kümmern. Es gibt vier unterschiedliche Arten von Sternenstaub-Elfen mit unterschiedlichen Zauberkräften. Davon erzähle ich dir später mehr. Ach, es ist ja so toll, dass du auch eine Sternenstaub-Elfe bist!“ Ihre Augen strahlten.

„Und wie hast du dann herausgefunden, dass du eine bist?“, wollte Luna wissen. In ihrem Kopf drehte sich alles.

„Durch Xanthe, meine Patentante. Sie ist auch eine Sternenstaub-Elfe. Sie dachte, ich könnte eine sein, und weil die Sterne und Planeten gerade richtig standen, hat sie uns vor ein paar Tagen besucht. Man darf niemandem, der keine Sternenstaub-Elfe ist, verraten, dass es sie wirklich gibt. Also hat sie so getan, als würde sie mir eine Geschichte erzählen. Ich wollte es natürlich sofort ausprobieren. Und es hat geklappt! Xanthe ist jetzt wieder nach Hause gefahren. Aber sie hat versprochen, bald wieder zu Besuch zu kommen. Ich kann es gar nicht erwarten, ihr von dir zu berichten! Wir können zusammen herumfliegen und uns jede Nacht treffen. Wo wohnst du denn?"

„In Egglestone", antwortete Luna. „Und du?"

„Hier in Long Medlow", sagte Erin. „Wir sind erst vor Kurzem hergezogen. Ich kenne eigentlich noch gar niemanden. Ich meine, in der Schule natürlich schon, aber richtige Freundinnen habe ich noch keine." Sie seufzte. „Das Problem ist, dass in meiner Klasse alle schon ihre Freunde gefunden zu haben scheinen."

„Außer wenn deine beiden besten Freundinnen beschlossen haben, dass sie nicht mehr deine besten Freundinnen sein wollen", meinte Luna. Erin sah sie fragend an. „Meine besten Freundinnen, Fran und Katie, lassen mich links liegen, seit sie erfahren haben, dass ich nächstes Jahr auf eine andere Schule gehe als sie", erklärte Luna.

„Das ist ja gemein." Erin war entrüstet. „Aber wir könnten doch Freundinnen sein, auch wenn wir nicht auf dieselbe Schule gehen, oder?"

Luna nickte begeistert. Normalerweise war sie zu schüchtern, um sich schnell mit jemandem anzufreunden. Aber bei Erin fühlte sie sich gar nicht schüchtern. Normalerweise trifft man neue Freundinnen ja auch nicht mitten in der Nacht, nachdem man gerade herausgefunden hat, dass man eine Sternenstaub-Elfe ist, dachte sie.

„Stell dir vor", plapperte Erin weiter, „wenn du die Sternenstaub-Worte heute Nacht nicht noch mal gesagt hättest, dann wärst du vielleicht ewig keine Sternenstaub-Elfe geworden. Was für ein Glück, dass du es ausgerechnet heute noch mal versucht hast."

„Das war nicht nur Glück", gab Luna zu. „Jemand hat mir gesagt, dass ich es tun soll." Hastig erzählte sie Erin alles, was an diesem Tag passiert war.

„Wow!“, flüsterte Erin nur, als Luna fertig war.

„Weißt du vielleicht, was da los ist?“, wollte Luna wissen. „Hat das alles mit den Sternenstaub-Elfen zu tun?“

„Keine Ahnung“, antworte Erin. „Xanthe hat nie etwas von Pferden in den Wolken erwähnt. Aber wenn du möchtest, frage ich sie.“

„Ja, bitte“, meinte Luna. „Ich habe Jo und ihre Großtante durch den Stein schauen lassen, aber sie haben nur Wolken gesehen. Die Pferde waren aber da. Sie waren *echt*. Und der Hengst, mit dem ich gesprochen habe, der ist auch echt."

„Und es klingt, als sei er in Schwierigkeiten." Erin runzelte die Stirn. „Soll ich dir helfen, ihn zu finden?"

Luna fiel ein Stein vom Herzen. „Das wäre wunderbar! Ich weiß allerdings nicht genau, wo er ist. Er hat mir gesagt, ich würde ihn in der Nähe vom Ende der Welt finden. In meinem Traum habe ich ihn in einem Wald gesehen. Es gab da noch einen Stall, auf dessen Dach eine Wetterfahne in Form eines schwarzen Pferdes angebracht war."

„Wir brauchen einen Plan." Erin dachte nach. „Wie wäre es damit: Wir fliegen heute Nacht herum und suchen nach einem Stall mit dieser Wetterfahne. Wenn wir keinen finden, dann suchen wir morgen weiter. Wir sollten meine Mutter und deine Stiefmutter irgendwie zusammenbringen, damit wir uns tagsüber auch treffen können. Überrede doch deine Stiefmutter, morgen noch einmal deine Tante zu besuchen. Wir könnten uns so gegen zwei am Strand verabreden und so tun, als hätten wir uns zufällig kennengelernt. Dann stellen wir meine Mutter deiner Stiefmutter vor und fragen, ob du mit zu mir kommen kannst. Mum und ich wollen morgen eine Reitschule suchen, wo ich anfangen kann. Du könntest uns ja begleiten, dann können wir gleichzeitig nach einem Stall mit diesem Wetterpferd Ausschau halten. Was meinst du?"

„Klingt super!" Luna gefiel der Gedanke, mehr Zeit mit Erin zu verbringen. „Ich gehe morgen reiten. Ich mag nämlich Pferde auch sehr gern. Nachmittags habe ich aber nichts vor."

In diesem Moment war in der Ferne Donnergrollen zu hören, und ein paar dicke Regentropfen fielen vom Himmel.

„Sieht aus, als käme ein Sturm." Luna beobachtete, wie dunkle Wolken über den Himmel fegten.

„Bei einem Gewitter sollten wir besser nicht fliegen", meinte Erin besorgt. „Vielleicht suchen wir jetzt doch nicht, sondern treffen uns einfach morgen wieder?"

Luna nickte. „Prima. Also bis morgen um zwei."

„Und dann versuchen wir, diesen Stall mit der schwarzen Wetterfahne zu finden!"

„So machen wir es. Tschüss dann", rief Luna und flog in die Luft.

„Luna!", rief Erin ihr hinterher. Luna drehte sich um.

„Um dich zurückzuverwandeln, musst du dreimal hintereinander ‚*Sternenstaub, hinfort*' sagen", erklärte Erin. „Sonst bleibst du eine Sternenstaub-Elfe, bis die Sonne aufgeht!"

„Danke!", rief Luna.

„Und erzähl niemandem davon, dass du eine Sternenstaub-Elfe bist", warnte Erin. „Du darfst nur mit anderen Elfen darüber sprechen."

Wie schade! Luna hätte zu gerne Jo oder ihrem Vater davon erzählt, um ihnen zu beweisen, dass es Zauberei wirklich gab. „Okay", versprach sie. Über ihnen erklang das erste Donnergrollen. „Bis morgen!", rief sie und flog schnell davon.

5

Der Sturm tobte. Regen prasselte vom Himmel herunter, und es donnerte so laut, dass selbst die Wolken zu erzittern schienen. Es war ganz schön gruselig, durch die Nacht zu fliegen, während Blitze zu Boden zuckten. Als Luna schließlich daheim ankam, klopfte ihr das Herz bis zum Hals. Außerdem war sie völlig durchnässt. Bevor sie das Haus durch die Hintertür betrat, flüsterte sie schnell die Worte, die Erin ihr gesagt hatte: „*Sternenstaub, hinfort!*“

Sie wiederholte sie drei Mal, bis sie schließlich von Kopf bis Fuß ein Gefühl der Schwere überlief. Luna schloss kurz die Augen. Das nasse graue Kleid hatte sich zurück in ihr Nachthemd verwandelt, das zum Glück trocken war. Schnell schlüpfte sie nach drinnen.

In ihrem Zimmer sah Luna auf den Wecker. Es

war drei Uhr morgens. Sie war zwei Stunden weg gewesen!

Sie trocknete sich mit einem Handtuch die Haare und kroch ins Bett. Was für ein wunderbarer Tag! Vielleicht ein bisschen beängstigend, aber unglaublich toll! Draußen blitzte es taghell, und kurz drauf krachte der Donner los. Doch Luna war von den vielen Erlebnissen des Tages so erschöpft, dass sie sofort einschlief.

Als sie am nächsten Morgen aufwachte, sah sie durch den offenen Vorhang, dass der Sturm sich gelegt hatte und die Sonne vom wolkenlosen Himmel schien.

Luna lag im Bett und dachte über die vergangene Nacht nach. War das alles wirklich passiert? Ihr Blick fiel auf das Handtuch am Boden, mit dem sie sich ein paar Stunden zuvor die Haare getrocknet hatte. Ein Grinsen breitete sich auf ihrem Gesicht aus. Ja, es war kein Traum gewesen. Sie war tatsächlich eine Sternenstaub-Elfe! Und sie hatte Erin wirklich getroffen!

Luna sprang aus dem Bett. Sie hatte damit gerechnet, nach so wenig Schlaf müde zu sein. Stattdessen stellte sie überrascht fest, dass sie vor Energie strotzte. Vielleicht hat es mit der Magie zu tun?, dachte sie. Sie schaute aus dem Fenster. Die Strahlen der Morgensonne glitzerten in den Wasserpfützen am Boden. Im Stall würde es heute sehr matschig sein, aber wenigstens schien die Sonne.

Beim Gedanken an den Tag wurde Luna ganz aufgeregt. Vormittags Reitstall, und dann würde sie Erin wiedersehen, falls sie Jo dazu überreden konnte, mit ihr nach Long Medlow zu fahren. Sie konnte es kaum erwarten!

Jo hatte nichts dagegen, Tante Alice schon wieder zu besuchen. Und so rannte Luna um fünf vor zwei den Pfad entlang, der zum Strand führte. Sie sprang dabei über die vielen Pfützen, die der Sturm der vergangenen Nacht hinterlassen hatte. Sie bemerkte den erstaunten Blick einer Möwe, die sie dabei beobachtete. Als sie oben auf den Klippen um die Ecke bog, sah sie Erin ein Stück weiter vorn. „Erin!“, rief sie. „Warte!“

Erin drehte sich um. Einen Moment lang fühlte Luna die übliche Schüchternheit. Das andere Mädchen sah so ungewohnt aus in ihren Alltagskleidern – grüne Shorts und ein T-Shirt. Würde sie genauso nett sein wie letzte Nacht?

Sie hätte sich keine Sorgen zu machen brauchen. Erin lächelte fröhlich.

„Hallo, Luna!“, rief sie und kam auf Luna zugerannt. „Wie schön, dass du gekommen bist! Meine Mutter holt mich hier in einer Viertelstunde ab. Wir können so tun, als hätten wir uns gerade erst kennengelernt!“

Gemeinsam liefen sie Richtung Strand. „Pass auf“, warnte Luna, als Erin sich an den Abstieg machte. „Es sieht heute ziemlich rutschig aus.“

„Das Gewitter gestern dauerte ja ewig, oder?“, meinte Erin, als sie vorsichtig zum Strand hinunter kletterten. „Der Bach, der durch Long Medlow fließt, war heute Morgen über die Ufer getreten. Die ganze Straße stand unter Wasser."

„Jos Tante Alice, die hier schon ihr ganzes Leben wohnt, hat erzählt, dass es mal so viel geregnet hat, dass zwei große Flüsse über die Ufer traten. Es hat damals ganze Häuser weggespült, sogar Menschen und Tiere sind dabei gestorben."

Erin fröstelte. „Ich hoffe, das passiert nie wieder." Sie sah hinauf in den Himmel. Dicke graue Wolken waren aufgezogen. „Hast du zufällig deinen Zauberstein dabei?"

„Ja", erwiderte Luna. „Willst du ausprobieren, ob du die Wolkenpferde auch sehen kannst?" Sie holte den Stein aus der Tasche und sah durch das Loch in die Wolken. Die Pferde waren so deutlich zu erkennen wie am Tag zuvor.

„Vielleicht kannst du sie sehen, weil du eine Sternenstaub-Elfe bist? Dann müsste es bei mir auch klappen", überlegte Erin. „Vielleicht gehört das zur Sternenstaub-Welt."

Daran hatte Luna noch gar nicht gedacht. „Hier, probier's aus!"

Erin hielt den Stein vors Auge und runzelte die Stirn. „Nein“, meinte sie nach einer Weile. „Ich sehe nichts.“

Luna seufzte und nahm den Stein wieder an sich. „Ich frage mich, warum nur ich sie sehen kann.“

„Keine Ahnung. Ich habe Xanthe heute Morgen deswegen eine E-Mail geschickt. Sie hat noch nicht geantwortet“, meinte Erin. „In der Zwischenzeit suchen wir wohl am besten nach diesem Pferd, das heißt zuerst diesen besonderen Stall.“

Luna nickte. „Ich hoffe, deine Mutter hat nichts dagegen, dass ich heute Nachmittag mitkomme.“

Lunas Sorgen waren unbegründet. Als Nicky, Erins Mutter, an den Strand kam, freute sie sich zu sehen, dass Erin eine neue Freundin gefunden hatte. Luna führte die beiden zum Haus von Tante Alice. Dort stellte sie sie Jo und ihrer Tante vor.

Jo und Nicky verstanden sich auf Anhieb. Sie quatschten munter drauflos und beschlossen schließlich, dass Luna den Rest des Tages mit Erin verbringen durfte.

Sie schauten sich gemeinsam verschiedene Reitställe an. Das machte wirklich viel Spaß, doch Luna und Erin waren trotzdem enttäuscht, dass keiner von ihnen ein schwarzes Pferd als Wetterfahne auf dem Dach hatte.

Als sie wieder daheim bei Erin waren, spazierten sie noch einmal oben an den Klippen entlang.

„Was machen wir denn jetzt?", wollte Erin wissen. „Wir haben alle Reitställe in der Umgebung abgeklappert, aber keiner hat eine Wetterfahne wie der in deinem Traum. Er muss wohl irgendwo weiter weg liegen."

„Aber der Hengst in meinem Traum hat doch gesagt, dass wir in der Nähe vom ‚Ende der Welt' suchen sollen und ..." Luna brach ab. „Heh, schau mal da! Pferde!", rief sie überrascht. Auf einer der Wiesen entlang des Weges weideten zwei Pferde.

Es war ein großer, kräftiger Brauner und ein etwas kleinerer Fuchs, ein Vollblut. Luna und Erin traten an die Hecke. Die beiden Pferde kamen herbei, um sie zu begrüßen. Die Mädchen sahen, dass die Decke des Braunen verrutscht war.

„Meinst du, wir sollten sie wieder festziehen?“, fragte Erin.

„Vielleicht ist es besser, wenn wir es den Besitzern sagen“, überlegte Luna. „Wahrscheinlich gehört er zu den neuen Leuten in dem Haus da drüben.“ Sie zeigte auf das Felsenhaus. „Die sind gerade erst eingezogen.“

„Ja, sagen wir es lieber den Besitzern“, stimmte Erin zu. „Wenn die Decke noch weiter verrutscht, tritt er womöglich drauf.“

Luna nickte, und die beiden gingen quer über die Wiese auf das Haus zu. „Früher hat dieses Haus der Familie meiner Mutter gehört“, erzählte Luna.

„Wirklich? Es sieht toll aus. Ich wünschte, du würdest jetzt darin wohnen! Das wäre klasse“, meinte Erin.

Luna nickte, aber so richtig hörte sie gar nicht zu. Ihre Haut hatte plötzlich angefangen zu kribbeln. Es war ein ganz komisches Gefühl. Als wollte ihr Körper sie vor Gefahr warnen.

Doch Erin schien nichts Seltsames zu bemer-

ken. „Schau, da ist das Tor, das zum Stall führt!“ Sie verließ den Trampelpfad und rannte quer über die Wiese.

Immer noch beunruhigt folgte Luna ihr.

Erin wollte gerade das Gatter aufmachen, als sie plötzlich nach Luft schnappte. „Luna! Sieh nur!“, flüsterte sie und zeigte auf das Stalldach.

Luna folgte ihrem Blick und erstarrte. Auf dem Dach des Stalls befand sich eine Wetterfahne. Sie hatte die Gestalt eines sich aufbäumenden Pferdes!

6

„Sah so die Wetterfahne in deinem Traum aus?“, flüsterte Erin.

„Ja“, keuchte Luna. Sie konnte den Blick nicht von dem schwarzen Pferd mit dem offenen Maul und den bösen Augen wenden. „Ganz genau so!“

„Ob der Hengst dann wohl hier ist?“, flüsterte Erin aufgeregt.

„Hallo.“ Die Mädchen fuhren herum. Eine Frau Mitte dreißig kam auf sie zu. Sie trug dunkelrote Reithosen und ein schwarzes T-Shirt. Ihre Haare hatte sie im Nacken zusammengebunden. „Das hier ist Privatgelände.“ Ihr Ton war unfreundlich.

„Wir sind nur hergekommen, um Ihnen zu sagen, dass die Decke bei einem ihrer Pferde verrutscht ist“, erklärte Erin. „Falls der Braune und der Fuchs auf der Weide Ihnen gehören.“

„Ja, das tun sie.“ Die Frau wirkte ein wenig

freundlicher. „Nun, danke, dass ihr mir das gesagt habt.“

„Keine Ursache. Wir mögen Pferde“, entgegnete Erin. Sie warf Luna einen Blick zu und wandte sich dann wieder an die Frau. „Haben … haben Sie noch andere Pferde?“

Luna hielt die Luft an. Doch die Frau schüttelte den Kopf. „Nein, nur diese beiden.“

Also keinen weißen Hengst, dachte Luna enttäuscht. Vielleicht waren sie hier doch nicht richtig. Ihre Augen wanderten wieder zur Wetterfahne. Aber das konnte nicht sein! Sie mussten sich genauer umsehen.

Erin schien dasselbe zu denken. „Brauchen Sie vielleicht ein bisschen Hilfe im Stall?“, fragte sie. „Ich heiße übrigens Erin, und das hier ist Luna.“

„Ich bin Kea“, entgegnete die Frau. „Nein, ich brauche keine Hilfe.“ Sie wollte das Gespräch offensichtlich beenden. „Ich schaue dann gleich nach der Decke. Auf Wiedersehen.“ Mit diesen Worten drehte sie sich um und machte sich auf den Weg zum Haus.

Luna traute ihren Augen kaum. Sie hatte etwas auf dem Rücken von Keas schwarzem T-Shirt entdeckt. Dicke weiße Haare! Pferdehaare!

Luna griff nach Erins Arm. „Sieh nur! Pferdehaare auf dem T-Shirt!", zischte sie.

Erin riss die Augen auf. „Weiße Haare! Sie muss also doch noch ein anderes Pferd haben", flüsterte sie.

Kea drehte sich um und warf ihnen einen kritischen Blick zu. Erin lächelte schnell. „Tschüss!", rief sie ganz unschuldig. Sie zog Luna schnell in die andere Richtung davon.

„Wir müssen zurück", protestierte Luna. „Wir müssen den weißen Hengst suchen!"

„Ja, aber nicht jetzt, solange Kea in der Nähe ist", erwiderte Erin. „Wir suchen später."

„Später?", wiederholte Luna.

Erins Augen funkelten vor Begeisterung. „Wenn wir Sternenstaub-Elfen sind natürlich!"

„Ich glaube an Sternenstaub, ich glaube an Sternenstaub", murmelte Luna an diesem Abend,

nachdem ihre Eltern und Brüder ins Bett gegangen waren. „Ich glaube an Sternenstaub!“

Beim letzten Wort spürte sie, wie sie leicht wurde. Nach einem letzten Blick ins Zimmer flog

Luna durchs offene Fenster und machte sich auf den Weg zu den Klippen. Ihr war ein wenig flau im Magen. Sie wusste, dass sie nach dem Hengst suchen mussten, aber sie hatte Angst, sich nachts auf Keas Hof umzusehen. Was, wenn sie dabei erwischt wurden?

Erin erwartete sie bereits am Strand. Ihr goldenes Kleid glitzerte im Mondlicht. „Hallo“, begrüßte sie ihre Freundin. „Sollen wir gleich los?“

Luna nickte. „Das wird wohl das Beste sein.“

„Mach dir keine Sorgen“, beruhigte Erin sie. „Wir können ja sofort wegfliegen, falls wir jemanden entdecken.“

„Aber was ist, wenn sie uns sehen?“, warf Luna ängstlich ein.

„Wir tarnen uns einfach!“, antwortete Erin. „Alle Sternenstaub-Elfen können sich tarnen. Xanthe hat mir gezeigt, wie es geht. Schau her!“ Sie flog nach oben. „*Camouflagus!*“

Und plötzlich war sie verschwunden!

„Kannst du mich sehen?“, fragte eine Stimme neben Lunas Ohr.

„N... nein“, stammelte Luna.

„Schau genau hin. Hier drüben.“

Luna tat wie befohlen und konnte tatsächlich die Umrisse von Erins Körper ganz blass vor dem Sternenhimmel erkennen. „Ja, jetzt seh ich dich! Aber nur fast! Wie machst du das?“

Erin enttarnte sich wieder. „Das ist ganz einfach. Du musst nur ‚*Camouflagus*‘ sagen, und dann nimmt dein Körper die Farbe des Hintergrunds an. Am besten funktioniert es, wenn man sich dabei bewegt. Außerdem musst du dich ganz fest konzentrieren, sonst lässt die Tarnung nach. Versuch es einfach mal!“

„*Camouflagus!*“, sagte Luna. Sie fühlte absolut nichts. Als sie jedoch an sich hinunterblickte, stellte sie erstaunt fest, dass ihr Körper verschwunden war. Sie war tatsächlich unsichtbar! „Es klappt!“ Sie schoss auf Erin zu, die sich suchend umsah.

„Wo bist du denn?“

„Hier!“, rief Luna und tauchte neben ihr auf.

„Prima!“, meinte Erin grinsend. „Nun können

wir uns beide tarnen, während wir uns bei den Stallungen umsehen."

„In Ordnung." Jetzt, wo sie sich unsichtbar machen konnten, hatte Luna weniger Angst, das Felsenhaus zu erkunden. Sie machten sich auf den Weg in Richtung des Grundstücks. Da fiel Luna wieder ein, dass sie Erin noch etwas fragen wollte: „Letzte Nacht hast du gesagt, dass Sternenstaub-Elfen zaubern können. Was sind denn das noch für Zauber, abgesehen vom Fliegen und Tarnen?"

„Nun, das kommt darauf an, was für eine Art Sternenstaub-Elfe du bist", antwortete Erin. „Es gibt vier Arten von Sternenstaub-Elfen: Sommer-, Herbst-, Winter- und Frühlingselfen. Jede hat ihren Sternenstaub von einem anderen Stern, und jede besitzt entsprechende Zauberkräfte. Ich bin eine Sommerelfe. Deshalb kann ich Dinge erwärmen, und eines Tages kann ich vielleicht auch Feuer entzünden. Xanthe sagt, Winterelfen können es regnen, hageln oder schneien lassen. Frühlingselfen können Pflanzen wachsen lassen und Herbstelfen haben Macht über den Wind."

„Was bin ich denn für eine Elfe?“, wollte Luna sofort wissen.

„Das musst du selbst herausfinden“, erklärte Erin. „Aber sobald das passiert ist, wird sich die Farbe deines Kleides ändern, wenn du dich das nächste Mal in eine Sternenstaub-Elfe verwandelst. Sommerelfen tragen immer Gold, Herbstelfen Silber, Winterelfen Blau und Frühlingselfen Grün.“

Luna überlegte, was für eine Art Elfe sie wohl war und wie sie es herausfinden könnte. Doch sie hatte keine Zeit mehr, weitere Fragen zu stellen, denn das Haus lag direkt vor ihnen. „Wir sind fast da.“

„Dann tarnen wir uns mal besser“, flüsterte Erin.

Beide murmelten „*Camouflagus!*“ und wurden unsichtbar.

Lunas Herz klopfte laut, als sie nach unten flogen. Das Haus und der Stall lagen im Dunkeln. Als sie vor dem Stall landeten, schnaubte drinnen ein Pferd. Luna spürte, dass Erin ihre Hand nahm. Sie gingen zur ersten Box. Darin lag der Fuchs auf einem dicken Bett aus Stroh. In der nächsten Box sahen sie den Braunen, der mit angewinkeltem Hinterbein vor sich hin döste.

Die restlichen drei Boxen waren leer.

„Schauen wir uns noch ein bisschen weiter um“, sagte Luna leise.

Zwischen dem Stall und dem Wäldchen lag eine kleine Scheune. Die Tür war verriegelt. Luna probierte sie zu öffnen, doch der Riegel klemmte. Sie versuchte es mit aller Kraft und vergaß fast, wo sie sich befanden.

„Luna, deine Tarnung!“, zischte Erin.

Da merkte Luna, dass sie sich so auf den Riegel konzentriert hatte, dass ihre Tarnung nachgelassen hatte. Zum Glück war niemand in der Nähe. Nun ja, fast niemand. Bis auf eine schwarze Katze, die zwischen den Bäumen hervorgeschlichen kam. Als die Katze Luna sah, blieb sie abrupt stehen. Ihre grünen Augen schauten überrascht.

„Alles in Ordnung, Miezekatze“, murmelte Luna. „Hab keine Angst.“ Sie ging in die Hocke und streckte die Hand aus. Die Katze jedoch fauchte wütend und schoss davon.

„Das ist aber seltsam“, wunderte sich Luna. „Normalerweise mögen mich alle Katzen.“

„Ja, aber es sind ja nicht alle Katzen gleich“, beruhigte Erin sie. „Komm, lass uns nachsehen, was hier drin ist.“

Luna versuchte erneut, den Riegel zurückzuziehen. Schließlich gab er nach. Drinnen hingen verschiedene Sättel an der Wand. Auf dem Boden standen drei gefüllte Futtereimer für den nächsten Tag. Drei! Luna runzelte die Stirn. Warum brauchte Kea drei Eimer, wenn sie doch nur zwei Pferde hatte?

„He, ihr zwei!“ Eine eisige Stimme durchschnitt die Dunkelheit.

Luna und Erin zuckten erschrocken zusammen.

Kea stand in der Tür. Sie sah jetzt aber ganz anders aus als am Nachmittag. Ihre Reithosen waren verschwunden. Stattdessen trug sie ein mitternachtsblaues Kleid und einen schwarzen Umhang. In einer Hand hielt sie einen Gegenstand, doch Luna konnte nicht genau erkennen, was es war. „Sternenstaub-Elfen!“, rief Kea. Dabei funkelten ihre Augen böse, fast schon gierig.

„Schnell, Luna! Weg hier!“, rief Erin und tarnte sich im selben Atemzug.

Kea versuchte sie aufzuhalten, doch Erin war schneller. Sie schoss an Kea vorbei und konnte entkommen.

Plötzlich stand Luna alleine da.

Kea streckte ihre offene Hand aus, wobei die Handfläche nach oben zeigte. „Komm her!“ Sie schloss die Hand und führte sie zur Brust.

Luna wurde plötzlich wie von unsichtbaren Kräften zu ihr gezogen. Sie schrie auf.

„Luna, komm schnell!“, hörte sie Erin rufen.

„Was machen Sie mit mir?“, keuchte Luna. Sie versuchte, sich zu befreien, doch es war unmöglich. Ein Zauber hielt sie fest. „Lassen Sie mich los!“

„Noch nicht.“ Keas Augen wurden zu Schlitzen. „Du und deine Freundin seid hier bei mir eingedrungen. Bestimmt als eine Art Mutprobe, um

die Pferde zu sehen. Das wirst du wiedergutmachen – mit deinem Sternenstaub!“ Sie hob den anderen Arm, und auf einmal konnte Luna sehen, was sie da in der Hand hatte. Es war eine Glaskugel, die voller schimmernder Staubpartikeln zu sein schien.

Luna wusste nicht, wozu das gut sein sollte. Doch als Kea die Kugel in Richtung ihres Kopfes senkte, überkam Luna plötzlich schreckliche Angst. „Nein!“, rief sie.

7

Luna rechnete fest damit, dass die Kristallkugel sie jeden Moment am Kopf treffen würde. Doch dann schoss plötzlich ein glühender Feuerball durch die Luft und fiel auf Keas Umhang.

Der schwarze Stoff fing sofort Feuer. Luna spürte, dass Keas Fesselzauber sich löste.

Sie zögerte keine Sekunde. „*Camouflagus!*“, flüsterte sie. Rasch flog sie in die Luft und zur Tür hinaus.

„Halt!“, rief Kea. Doch es war zu spät! Luna war frei.

„Schnell, komm!“ Luna spürte, wie Erin ihre Hand packte und sie fortzog. Luna warf einen Blick zurück. Kea schien zu zögern und zu überlegen, ob sie die Mädchen aufhalten sollte, doch die Flammen breiteten sich aus. Sie streifte den Umhang ab und versuchte, das Feuer zu löschen.

Luna und Erin flogen davon so schnell sie konnten. Sie hielten erst an, als sie den Strand erreichten. Luna war völlig außer Atem, und ihr Herz klopfte wie wild. Erin erging es nicht anders. „Oh, Luna“, schnaufte sie. „Ich dachte, sie würde dieses Glasteil nach dir werfen!“

„Dachte ich auch!“ Luna holte zitternd Luft. „Aber du hast sie aufgehalten! Du hast einen Feuerball auf sie geschleudert!“

„Ich weiß.“ Erin wirkte völlig verstört. „Das habe ich vorher noch nie gemacht. Ich konnte höchstens Dinge aufwärmen. Ich habe einfach nur versucht, ihren Umhang zum Rauchen zu bringen oder etwas in der Art. Irgendwas, um sie abzulenken. Und dann flog dieser Feuerball plötzlich aus meinen Fingerspitzen, als ich auf sie gezeigt habe.“

„Das war meine Rettung.“ Luna fröstelte.

Erin nickte. „Kea muss eine Hexe sein oder so etwas. Ich werde Xanthe morgen anrufen und ihr davon erzählen. Mal sehen, was sie sagt.“ Sie schluckte. „Ich habe ehrlich gesagt keine Lust auf noch mehr Zauberei heute.“

„Ich auch nicht." Lunas Knie zitterten immer noch. „Sollen wir einfach nach Hause fliegen?"

Erin nickte. „Oh, Luna, ich bin so froh, dass wir flüchten konnten. Da geht irgendetwas Seltsames vor sich."

„Ich weiß", meinte Luna nachdenklich. „Na ja, bis morgen dann."

Erin winkte ihr zum Abschied und flog davon.

In dieser Nacht hielt Luna den Zauberstein beim Schlafen fest umklammert. Im Traum sah sie den weißen Hengst und wie er sich aufbäumte. Kea riss an dem Seil um seinen Hals. Rote Striemen wurden darunter sichtbar. Der Hengst schlug mit den Hufen nach der Frau, und Luna hörte ihn wiehern: *Komm schnell, Wetterzauberin!* Die Worte hallten in ihrem Kopf wider.

Luna wachte auf. Als sie sah, dass Tageslicht zwischen ihren Vorhängen ins Zimmer fiel, atmete sie tief durch. Es hatte sich so echt angefühlt, aber es war bloß ein Albtraum gewesen. Luna sah Kea vor sich, mit gierig funkelnden Augen, die

Hand mit der Glaskugel ausgestreckt. Das wiederum war kein Albtraum gewesen. Luna überlief ein Frösteln. Das war wirklich passiert!

Um zehn stand Erin mit ihrer Mutter bei Luna vor der Tür. „Ich habe mit Xanthe gesprochen“, flüsterte Erin ihrer Freundin zu, während Nicky Jo in die Küche folgte, um einen Kaffee zu trinken. „Ich habe sie heute Morgen angerufen.“

„Und was hat sie gesagt?“

Erin wirkte recht besorgt. „Das erzähle ich dir, wenn wir alleine sind.“

Die beiden Mädchen rannten nach oben und schlossen sich in Lunas Zimmer ein.

„Und?“, wollte Luna wissen. Sie setzte sich aufs Bett.

„Xanthe meint, dass Kea wohl eine Elfe der Dunkelheit ist.“

„Was ist eine Elfe der Dunkelheit?“, fragte Luna.

„So heißen mächtige Sternenstaub-Elfen, die sich auf die Seite des Bösen geschlagen haben. Sie rauben Sternenstaub von anderen Sternenstaub-Elfen.“

„Was?“ Luna starrte sie entgeistert an.

Erin nickte. „Dazu benutzen sie Kristallkugeln – genau wie die, die Kea letzte Nacht hatte. Wenn sie eine normale Sternenstaub-Elfe erwischen, halten sie die Kugel gegen deren Stirn. Dann sagen sie einige Zauberworte und klauen damit der Elfe ihren Sternenstaub. Wenn der Sternenstaub sich in der Glaskugel befindet, können die dunklen Elfen ihn für sich benutzen.“

„Das also wollte Kea tun! Ich dachte, sie wollte mich damit treffen.“

„Nein, sie wollte deinen Sternenstaub stehlen. Wenn sie es geschafft hätte, hättest du dich nie wieder in eine Sternenstaub-Elfe verwandeln können.“ Erin schluckte. „Xanthe sagt, wir müssen sehr vorsichtig sein. Wir dürfen nicht wieder in Keas Nähe kommen. Und wenn wir als Sternenstaub-Elfen unterwegs sind, sollen wir uns erst recht vor ihr in Acht nehmen.“

„Aber was ist mit dem Hengst?“, fragte Luna zögerlich. „Ich bin sicher, dass er irgendwo in der Nähe ihres Hauses ist.“

„Dazu konnte Xanthe nichts sagen. Sie hatte gerade erst meine E-Mail gelesen, in der ich ihr erzählt habe, dass du Pferde in den Wolken siehst. Aber sie sagt, es gibt tatsächlich Wolkenpferde am Himmel. Sie kümmern sich um das Wetter. Nur einige wenige Sternenstaub-Elfen können sie sehen. Man nennt sie ...“ Erin zögerte. „Man nennt sie Wetterzauberer.“

„Aber genau so nennt mich das Pferd immer!“, rief Luna.

Erin nickte. „Xanthe sagt, sie weiß nicht viel über Wetterzauberer. Sie hat nur gehört, dass sie zaubern, indem sie die Magie aus den Sternen mit der Magie von Zaubersteinen kombinieren. Sie sprechen mit den Wolkenpferden und helfen dabei, das Wetter im Gleichgewicht zu halten. Xanthe hat versprochen, dass sie versuchen wird, noch diese Woche mehr herauszufinden. Sobald sie kann, wird sie uns besuchen. Bis dahin sollen wir gut auf uns aufpassen und nichts wegen des Pferdes unternehmen.“

„Aber ich kann nicht einfach nichts machen“,

protestierte Luna. Sie dachte wieder an ihren Traum. „Der Hengst braucht meine Hilfe. Ich muss ihn finden!“

Erin zögerte kurz, dann nickte sie. „Gut. Wir suchen weiter. Auch wenn wir dafür zu Keas Haus zurückmüssen.“

„Du ... du musst aber nicht mitkommen“, meinte Luna schwach.

Erin zog die Augenbrauen hoch. „Du glaubst doch nicht etwa, dass ich dich alleine losziehen lasse? Auf keinen Fall.“ Sie legte einen Arm um Luna. „Wir machen das gemeinsam. Heute Nacht fliegen wir wieder hin!“

8

Kurz vor Mitternacht trafen sich Luna und Erin am Strand. Doch bevor sie sich auf den Weg zum Felsenhaus machten, wollte Luna unbedingt herausfinden, welche Art Sternenstaub-Elfe sie war. Sie hatte den ganzen Tag darüber nachgedacht.

„Ich bin mir sicher, ich bin eine Winterelfe“, sagte sie. „Ich weiß nicht, warum, aber es fühlt sich einfach so an.“

„Dann versuch doch mal einen Winterzauber“, schlug Erin vor. „Dazu sagst du ‚Regen, komm herbei‘, um es regnen zu lassen, und ‚Regen, hinfort‘, damit es wieder aufhört. Das Wichtigste ist, dass du wirklich daran glaubst, dass du es kannst. Das ist beim Zaubern *immer* wichtig.“

„In Ordnung.“ Luna war ganz aufgeregt. „Ich probier’s.“ Sie sah nach oben zu den Sternen. „*Regen, komm herbei!*“, flüsterte sie.

Ein Kribbeln durchlief ihren Körper. Es wanderte vom Kopf durch ihre Arme und schien plötzlich aus ihren Fingerspitzen zu explodieren. Luna hielt überrascht die Luft an, als sich eine kleine Regenwolke an der Stelle bildete, auf die sie zeigte. Dicke Regentropfen fielen herunter und platschten in den Sand.

„Wow!“, meinte Erin erfreut. „Du hast es geschafft! Du bist tatsächlich eine Winterelfe!“

Luna sah die Regenwolke an. Sie überlegte, ob sie die Wolke vielleicht sogar bewegen konnte. Links, links, dachte sie. Sie wollte die Wolke ein Stück von sich und Erin wegschieben. Die Wolke gehorchte ihr brav. Luna war begeistert.

„*Regen, hinfort!*“, befahl sie mit strenger Stimme. Die Regenwolke verschwand sofort.

„Das war echt cool!“, freute sich Erin. „Du hattest recht. Du bist eine Winterelfe. Dann wird dein Kleid morgen blau sein, wenn du dich in eine Sternenstaub-Elfe verwandelst.“

„Wie das von Kea", meinte Luna langsam. „Sie ist wohl auch eine Winterelfe."

Die beiden Mädchen flogen schweigend zum Haus oben auf den Klippen. Wieder war alles dunkel, doch Luna wusste, dass das nichts zu bedeuten hatte. Kea konnte irgendwo drinnen oder draußen unterwegs sein.

„Hier entlang", flüsterte sie und flog auf die Bäume zu. Sie bemühte sich sehr, sich auf ihre Tarnung zu konzentrieren. „Ich glaube, er ist hier im Wald. In meinem komischen Traum stand er nahe bei einer Lichtung."

Als sie über den Stall hinwegflogen, hielten sie beide erschrocken mitten im Flug inne, weil sie unter sich etwas erspäht hatten.

Kea ging auf die Bäume zu. Ihr blaues Kleid bauschte sich um sie herum im Wind.

„Was machen wir denn jetzt?", flüsterte Luna.

„Ich werde sie ablenken", flüsterte Erin zurück. Sie schoss davon.

„Erin! Sei vorsichtig!", zischte Luna. Sie hatte

auf einmal einen Kloß im Hals. Was hatte Erin bloß vor?

Erschrocken stellte Luna fest, dass Erin vor dem Nachthimmel plötzlich sichtbar wurde. „Komm schon, Luna!", rief sie. Aber sie schaute dabei gar nicht zu Luna, sondern in die entgegengesetzte Richtung. Dann tat Erin so, als würde sie Kea entdecken. „Oje!", rief sie erschrocken.

„Ihr zwei schon wieder!", rief Kea wütend.

Für einen kurzen Moment sah Luna Erins Umrisse, bevor ihre Freundin Richtung Meer davonsauste. Kea nahm die Verfolgung auf.

Lunas Herz klopfte wild. Doch sie wusste, sie musste die Gelegenheit nutzen, die Erin ihr verschafft hatte. Schnell flog sie weiter und sah auch schon die Lichtung vor sich. Halb hinter den Bäumen versteckt befand sich eine Art Scheune. Sie hatte eine Holztür und ein kleines Fenster. Luna hörte ein Wiehern aus dem Inneren. Sie rannte darauf zu. Hastig schob sie den Riegel zurück und zog die Tür auf. In der Scheune war es dunkel. Etwas bewegte sich.

„Wetterzauberin. Du bist gekommen."

Als die Gestalt ins Licht trat, stockte Luna der Atem. Vor ihr stand der Hengst, den sie in ihren Träumen gesehen hatte!

Er machte einen Schritt auf Luna zu. Sein Körper war strahlend weiß, nur die Fesseln waren dunkelgrau. Um seinen Hals hing ein schwarzes Seil, das unter seiner dichten silbernen Mähne gerade noch zu erkennen war. Luna starrte ihn an.

Der Hengst senkte den Kopf in ihre Richtung. Automatisch streckte Luna ihm die Hand hin. Er schnaubte sanft und hob dann sein weiches Maul auf die Höhe ihres Gesichtes.

„Ich heiße Thor", sagte er. Seine Lippen bewegten sich dabei nicht, und trotzdem konnte Luna jedes seiner Worte ganz deutlich hören. „Ich bin der Anführer der Wolkenpferde, die für das Wetter an dieser Küste zuständig sind."

„Warum hast du nach mir gerufen?", wollte Luna wissen.

„Weil ich deine Hilfe brauche", erklärte der Hengst. „Ich muss dorthin zurück, wo ich hingehöre. Wenn ich sie nicht anführe, sind sich die Pferde im Himmel nie einig. Die jungen Hengste werden darum kämpfen, wer der nächste Anführer wird. Damit wird Chaos ausbrechen. Die Stürme haben bereits begonnen. Sie werden nur noch schlimmer werden, falls ich nicht schnell zu meinem Platz im Himmel zurückkehre."

Luna warf einen raschen Blick auf die offene Tür. „Dann schnell! Lauf davon!"

„Das kann ich nicht." Wut flackerte in Thors Augen auf. „Das Seil um meinen Hals ist kein gewöhnliches. Die dunkle Frau hat es aus Magie gemacht und dazu benutzt, mich hier in diese Welt zu bringen. Hier soll ich ihr gehorchen. Ein Wolkenpferd mit königlichem Blut kann das Wetter kontrollieren, auch wenn es nicht in den Wolken ist. Sie dachte, dass ich ihre Wünsche erfüllen würde. Ich lasse mir jedoch nichts befehlen." Der Hengst stampfte zornig mit dem Vorderhuf auf. „Ich werde ihr nicht gehorchen! Aber solange das Seil um meinen Hals liegt, kann ich auch nicht fliehen."

„Dann nehme ich es dir schnell ab, warte." Luna trat auf den Hengst zu.

Thor zuckte zurück. „Nein!"

Aber es war zu spät. Luna hatte die Hand bereits um das Seil geschlossen. Es verbrannte ihre Finger wie glühende Flammen. Mit einem Aufschrei zog sie die Hand zurück.

An den Stellen, wo ihre Finger das Seil berührt hatten, waren sie ganz rot. Da erst bemerkte sie die Wunden unter Thors langer Mähne, wo das Seil seine Haut berührte. Ihr Traum, in dem sie die Verletzungen an seinem Hals gesehen hatte, war also echt gewesen.

Schnell trat Thor vor und schnaubte sanft auf ihre Finger. Luna hatte das Gefühl, als würden Schneeflocken auf ihre Haut fallen. Das Brennen ließ nach. Erstaunt sah sie ihn an.

„Das Seil besteht aus einem Fesselzauber und kann durch nichts anderes als Magie entfernt werden", erklärte der Hengst ihr leise. „Deshalb habe ich dich um deine Hilfe gebeten, Wetterzauberin."

„Warum … warum nennst du mich immer so?“, hauchte Luna.

Thor sah sie aufmerksam an. „Ich nenne dich Wetterzauberin, weil du eine bist. Es liegt dir im Blut. Deshalb konnte ich deine Anwesenheit spüren, als du zum ersten Mal durch den Stein geschaut hast. Und deshalb konntest du mich rufen hören.“

„Aber ich habe schon so oft durch die Löcher in Steinen geschaut und noch nie Pferde in den Wolken gesehen.“

„Wetterzauberer müssen normalerweise zuerst in eine Art Dämmerzustand sinken, bevor sie Wolkenpferde sehen. Aber ich vermute, dass die Schranken zwischen dieser Welt und meiner geschwächt wurden, weil die dunkle Macht mich hierhergebracht hat. Und so kannst du die Pferde im Moment bereits sehen, wenn du einfach nur durch einen Zauberstein schaust.“

„Dann ist Kea also auch eine Wetterzauberin?“, fragte Luna.

„Eine schwarze“, antwortete Thor. „Normalerweise arbeiten die Wetterzauberer friedlich mit den Wolkenpferden zusammen. Es geht darum, das Wetter in verschiedenen Regionen im Gleichgewicht zu halten. Sie jedoch will nur mehr Macht dadurch gewinnen, das Wetter kontrollieren zu können." Plötzlich hob er den Kopf. „Schnell! Ich spüre Gefahr in der Luft."

„Erin!" Lunas Magen krampfte sich zusammen. „Sie ist vielleicht in Schwierigkeiten. Ich muss ihr helfen, aber dir möchte ich auch helfen. Wie kann ich dich befreien?"

Thor sprach rasch: „Du brauchst den Zauberstein, den die dunkle Elfe benutzte, um das Seil zu formen. Drei ihrer Haare werden darum geflochten sein. Bring mir diesen Stein zusammen mit einem aus Ackerwinden geknüpften Seil. Das muss lang genug sein, damit du einen Kreis legen kannst, in dem du Platz zum Sitzen hast. Dann werde ich dir sagen, mit welchem Zauber du das Seil zerstören kannst." Er wieherte und schüttelte seine Mähne. „Geh jetzt, Wetterzauberin. Ich glaube, deine Freundin braucht dich!"

Luna rannte zur Tür. „Ich werde diese Sachen finden und so bald wie möglich zurückkommen", versprach sie. Dann sauste sie hinauf in den Himmel. In ihrem Kopf überschlugen sich die Gedanken. Allerdings hatte sie jetzt keine Zeit, über all die Dinge nachzudenken, die Thor gesagt hatte. Es ging jetzt nur um eines: Sie musste Erin finden!

So schnell sie konnte, flog sie über den Stall und das Haus zum Meer. In diese Richtung hatte sie Erin vorhin davonfliegen sehen. Wo war sie bloß? Es waren inzwischen bestimmt zehn Minuten vergangen, seit sie Kea weggelockt hatte.

Als Luna die Klippen erreichte, sah sie Kea und Erin sofort. Erin wirkte, als sei sie mitten im Flug erstarrt. Ihre Augen bewegten sich, doch der Rest ihres Körpers war absolut reglos.

Im Mondlicht konnte Luna erkennen, wie Kea die Hand ausstreckte, genau wie sie es bei Luna in der Nacht zuvor getan hatte. Mit einem höhnischen Lachen zog die dunkle Elfe Erin zu sich.

Luna tat das Einzige, was ihr einfiel. *„Regen, komm herbei!"*, rief sie.

Eine Welle der Magie durchströmte sie. Als Kea herumfuhr, hatte sich bereits eine Regenwolke zwischen Luna und ihr gebildet. Luna schob die Wolke mit der Kraft ihrer Gedanken weiter. Ehe

Kea sich's versah, hing die Wolke über ihr. Dicke Regentropfen prasselten herunter. Sie schnappte erschrocken nach Luft.

Luna konnte über Keas Schulter hinweg sehen, dass Erin vom Zauberbann befreit war. Da nun Keas Aufmerksamkeit abgelenkt war, hatte auch die Magie nachgelassen, mit der sie Erin in der Luft gefesselt hatte. Luna sah, wie Kea die Hände hob, um die Regenwolke zu vertreiben. Da erinnerte sich Luna plötzlich an etwas. Winterelfen können es regnen, hageln und schneien lassen, hatte Erin gesagt.

„*Hagel, komm herbei!*“, rief Luna.

Die Wassertropfen der Wolke verwandelten sich sofort in dicke Hagelkörner. Kea stolperte vor Schreck und fiel dabei hin.

Aus dem Augenwinkel konnte Luna sehen, dass Erin unsichtbar wurde. Es war Zeit zu fliehen!

„*Camouflagus!*“, flüsterte sie und verschwand ebenfalls. Sie sauste davon. Sie hatte keine Ahnung, wie lange der Hagel andauern würde, wenn sie nicht mehr da war, aber sie wollte keinesfalls warten, bis Kea sich aufgerappelt hatte und die Verfolgung aufnahm.

Sie wusste, dass Erin zum Strand flüchten würde. Als sie die Kante der Klippen erreichte, sah sie auch schon die Umrisse ihrer Freundin vor dem Nachthimmel. Luna legte einen Zahn zu, um sie einzuholen. „Ich bin hier!“, schnaufte sie. „Bleib getarnt. Wir müssen weg hier, falls sie uns verfolgt! Lass uns zu euch in den Garten fliegen! Da findet sie uns nicht!“

„Gute Idee“, zischte Erin zurück.

Sie hielten erst an, als sie bei Erin zu Hause waren. Erst dann fühlte sich Luna wieder halbwegs sicher. Sie landeten neben einer Holzbank und gaben ihren Tarnzauber auf.

„Wir sind entkommen“, meinte Luna erleichtert.

„Aber nur gerade so“, erwiderte Erin.

„Was ist denn passiert?“, wollte Luna wissen. „Wie hat Kea dich eingefangen?“

„Ich habe es geschafft, ihr zu entwischen. Sie hat mich verfolgt, aber ich konnte immer weit genug weg bleiben. Doch dann habe ich meine Tarnung nur für einen Augenblick verloren. Und sobald sie mich sehen konnte, rief sie ‚*Bindet sie!*‘ oder etwas in der Art. Da konnte ich mich nicht mehr bewegen. Dann warst plötzlich du da.“ Erin umarmte ihre Freundin. „Oh, Luna, ich bin so froh, dass du gekommen bist!“

„Ich auch!“, seufzte Luna erleichtert.

„Hast du das Pferd gefunden?“, fragte Erin.

Luna nickte. „Es ist in einer alten Scheune beim Wald. Erin, es ist unglaublich schön. Es sieht aus wie ein richtiges Pferd, aber das ist es nicht. Es ist ein Wolkenhengst! Der Anführer der Wolkenpferde!“ Schnell berichtete sie Erin alles, was Thor ihr erzählt hatte. „Ich habe ihm versprochen, dass wir die Sachen bringen, die er für den Zauber braucht“, erklärte sie zum Schluss. „Je früher wir dieses Seil um seinen Hals zerstören, umso schneller kann er in die Wolken zurückkehren.“

„Ich schätze mal, dazu müssen wir in Keas Haus“, meinte Erin.

Sie sahen sich an. Luna konnte deutlich erkennen, dass Erin dieser Gedanke genauso wenig gefiel wie ihr.

Aber wir müssen Thor helfen, dachte sie. Was auch immer dazu nötig ist. Wir müssen es einfach tun!

Als Luna in dieser Nacht nach Hause kam, öffnete sie den Deckel der Schachtel mit den Zaubersteinen und nahm einen von ihnen heraus. Sie erinnerte sich nach und nach an Thors Worte: *Es liegt dir im Blut.*

Wenn ihr Wetterzauberei im Blut lag, hieß das dann, dass ihre Mutter auch eine Wetterzauberin gewesen war?

Luna sah die Steine mit den verschiedenen Löchern und Formen an. Sie hatte immer gedacht, ihre Mutter hätte die Steine nur gesammelt, weil sie ungewöhnlich waren. Aber vielleicht hatte sie sie ja zum Zaubern benutzt? Das war ein seltsamer Gedanke. Man hatte ihr viele Sachen über ihre Mutter erzählt – wie sie aufgewachsen war und ihren Vater an der Universität kennengelernt hatte. Dass sie eine Ausbildung zur Lehrerin machen wollte, als Luna in die Schule kam, aber dass sie dann bei einem Autounfall starb. Luna hatte ein Bild von ihrer Mutter im Kopf, wie sie gewesen war. Doch jetzt war da diese riesengroße Extrasache. Ihre Mutter war vielleicht eine Wetterzauberin gewesen ...

Luna rieb sich die Stirn. Fragen, Ängste und Zweifel purzelten in ihrem Kopf durcheinander.

Ach, Mama, dachte sie sehnsüchtig. Ich wünschte wirklich, du wärst jetzt hier!

9

Tags darauf besuchte Erin Luna im Reitstall. Ihre Stiefmutter hatte Jackie, die Besitzerin, angerufen und gefragt, ob Erin auch Stunden nehmen konnte. Nicht nur das, sie durfte sogar wie Luna im Stall aushelfen. Dafür gab es dann kostenlose Reitstunden.

Obwohl sie immer wieder daran dachten, was sie in der nächsten Nacht erwartete, hatten Luna und Erin einen schönen Tag. Erin schloss schnell Freundschaften. Schon nach ein paar Stunden hätte keiner mehr gedacht, dass sie neu im Stall war.

„Das war klasse!“, meinte Erin strahlend, als sie und Luna auf dem Zaun saßen und darauf warteten, abgeholt zu werden. „Die Ponys hier sind toll, und alle scheinen echt nett zu sein. Na ja, abgesehen von Fran und Katie.“

Fran und Katie, Lunas ehemalige beste Freundinnen, waren nicht sonderlich begeistert von dem neuen Stallmitglied gewesen. Noch dazu schien die Neue sofort bei allen beliebt zu sein. Sie hatten Erin und Luna den ganzen Tag über nicht beachtet, aber ausnahmsweise war Luna das völlig schnuppe gewesen. Sie hatte im Moment wirklich andere Sorgen. Zum Beispiel würden sie und Erin in ein paar Stunden versuchen, in Keas Haus zu gelangen und nach dem Zauberstein suchen. Darauf freute Luna sich ganz und gar nicht.

Als Luna sich in dieser Nacht in eine Sternenstaub-Elfe verwandelte, war ihr Kleid blau – wie das Blau des Himmels. Es glitzerte vor Sternenstaub und sah aus, als wäre es mit tausenden kleiner Diamanten besetzt. Luna wirbelte herum. Sie war begeistert! Schnell machte sie sich auf zum Treffpunkt mit Erin. Zusammen flogen die beiden zum Felsenhaus. In einem der Zimmer im Erdgeschoss brannte Licht.

„Sieh nur!“, flüsterte Luna. „Vielleicht ist Kea da.“

Sie tarnten sich und flogen vorsichtig näher ans Haus heran. Das erleuchtete Fenster stand leicht geöffnet, und die Vorhänge waren nicht zugezogen.

Kea saß an einem großen Holztisch gegenüber vom Fenster. Sie las aufmerksam in einem alten, in Leder gebundenen Buch.

„Doch wenn einer willig kommt“, las sie laut vor. Sie runzelte nachdenklich die Stirn. „Doch wenn einer willig kommt“, wiederholte sie, „wird die Macht des Dunklen wachsen.“

Luna erstarrte. Warum klangen diese Worte irgendwie vertraut?

„Es muss gar nicht er sein“, murmelte Kea vor sich hin. „Ich brauche bloß einen mit königlichem Blut ...“ Plötzlich blitzten ihre Augen auf. „Natürlich! Ja ... das könnte funktionieren!“

Rasch stand sie auf und lief aufgeregt aus dem Zimmer.

„Was war das denn?“, flüsterte Erin verwundert.

„Keine Ahnung.“ Luna hatte ein ungutes Gefühl.

Beide zuckten erschrocken zusammen, als plötzlich die Haustür aufging und Kea herauskam. Doch sie flog davon, ohne sich umzusehen. Ihr dunkelblaues Kleid funkelte im Sternenlicht.

„Schnell! Schauen wir uns im Haus um, bevor sie zurückkommt!“, zischte Erin.

Luna zögerte. „Das ist wie ein Einbruch."

„Ich weiß", bestätigte Erin. „Aber du willst doch Thor helfen, oder?"

Luna nickte. „Ja, natürlich."

„Dann müssen wir diesen Stein finden. Wir nehmen ja sonst nichts mit."

Luna holte tief Luft. „In Ordnung." Es gefiel ihr zwar nicht, aber sie hatten wohl keine andere Wahl.

„Wo sollen wir anfangen?", fragte sie, als die beiden durchs Fenster ins Haus flogen.

„Ich weiß nicht", flüsterte Luna. Obwohl Kea nicht da war, hatte sie das Bedürfnis, so leise wie möglich zu sein. Es kam ihr irgendwie so vor, als würde das Haus sie beobachten.

Sie sahen sich im Zimmer um. Die Regale und Tische waren voller seltsamer Dinge – alte Bücher, ein Silberkelch, eine graue Feder und ein Stück goldene Kordel.

„Schau mal, da!" Erin stand vor einem altmodischen Schreibpult in einer Ecke. Darauf lagen zehn Zaubersteine in verschiedenen Formen und

Größen. Luna kam schnell herbei. Vielleicht würde ja einer davon der Stein sein, den sie suchten.

Aber keiner von ihnen war mit Haaren umwickelt.

„Vielleicht ist er ja da drin.“ Vorsichtig öffnete Erin das Schreibpult. Innen gab es viele kleine Fächer und Schubladen.

Lunas Blick fiel auf eine Kiste im untersten Fach. Sie erinnerte sie an die Kiste ihrer Mutter. Zumindest sah es so aus, als wäre sie aus dem gleichen dunklen Holz gemacht. Allerdings war diese Kiste viel kleiner. Luna nahm sie heraus und öffnete den Deckel.

„Erin!“, hauchte sie. „Sieh nur!“

In der Kiste lag auf grünem Samt ein grauer Zauberstein mit einem einzigen Loch. Durch die Mitte waren drei lange dunkle Haare mehrfach herumgewickelt.

„Du hast ihn gefunden!“, flüsterte Erin aufgeregt.

Luna nahm den Stein mit leicht zitternden Fingern heraus. „Es ist genau so, wie Thor gesagt hat.

„Nimm den Stein, und lass uns verschwinden“, drängte Erin.

„Aber wir können die Kiste doch nicht einfach leer lassen“, widersprach Luna. „Wenn Kea nachsieht, wird sie merken, dass ihn jemand gestohlen hat. Dann wird sie sich schon denken, dass derjenige die Fessel um Thors Hals zerstören will.“

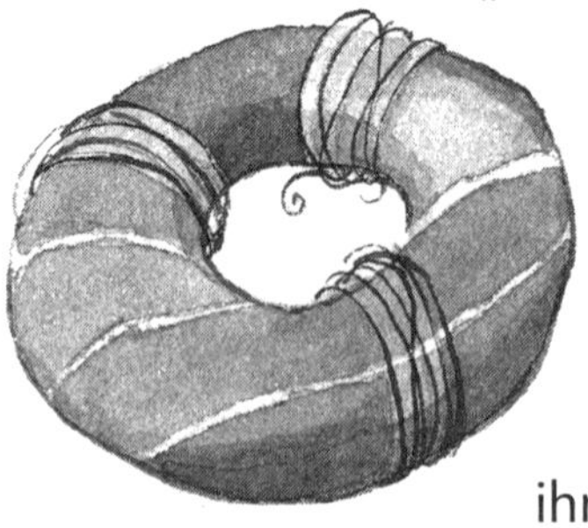

„Aber was sollen wir denn machen?“ Luna schaute den Stein an. Er glich auffallend dem, den sie neulich am Strand gefunden hatte. Seither trug sie ihn immer bei sich. Aber sie brauchte ihn ja eigentlich nicht. Sie konnte die Wolkenpferde auch durch einen anderen Stein mit einem einzigen Loch in der Mitte sehen. Luna holte den Stein aus der Tasche. Er sah dem von Kea wirklich sehr ähnlich. Rasch zupfte Luna sich drei Haare vom Kopf und wickelte sie um den Stein.

„Phantastisch!“, meinte Erin begeistert. „Jetzt sieht es aus wie ihr Stein!“

„Vielleicht merkt sie ja dann nicht, dass er verschwunden ist.“ Luna legte den Stein in die Kiste und steckte den von Kea in die Tasche. Mehr brauchten sie hier nicht. „Komm, schnell“, meinte sie unruhig. „Lass uns verschwinden!“

Sie flogen aus dem Fenster. Luna konnte kaum glauben, dass sie den Stein hatten. Nun brauchten sie nur noch die Ackerwinden, dann konnten sie den Zauber vollbringen.

„Lass uns noch schnell Thor besuchen“, sagte sie.

Als sie die Scheune erreichten, öffnete Luna die Tür. Thor kam auf sie zu, und Luna merkte, dass Erin vor Staunen der Mund offen stehen blieb.

„Das hier ist Erin, meine Freundin“, sagte sie schnell. Thor wieherte leise.

„Hallo“, stammelte Erin.

„Erin hat mir geholfen“, erklärte Luna. „Wir haben den Zauberstein!“

Thors Augen leuchteten auf. „Jetzt brauchen wir bloß noch das Seil aus Ackerwinden.“

„Bei uns im Garten wächst jede Menge Ackerwinde“, erzählte Erin, die sich wieder gefasst hatte. „Mein Vater hat sich erst neulich darüber beschwert. Ich bin sicher, es gibt genug, um ein Seil zu knüpfen.“

„Kommt morgen“, drängte Thor. „Bringt die Ackerwinde und den Zauberstein mit. Dann sage ich euch, wie der Entfesselungszauber geht.“

„Der Entfesselungszauber?“, wiederholte Luna mit großen Augen.

Thor wirkte ernst. „Es ist einer der schwersten Zauber überhaupt, schwierig und gefährlich.“

Luna merkte, dass Erin sie ansah.

„Das ist schon in Ordnung, es macht mir nichts aus“, sagte sie schnell. Sie versuchte, tapfer zu klingen, obwohl es ihr vor Angst den Magen zusammenzog. „Was … was muss ich denn tun?“

„Das sage ich dir morgen. Aber nun müsst ihr gehen. Kea könnte zurückkommen.“

„Gut, aber …“ Luna konnte die Frage nicht zurückhalten, die sie seit der letzten Nacht beschäftigte. „Kann ich dich etwas fragen? Du hast gesagt, ich hätte Wetterzauberei im Blut. Heißt das, dass meine Mutter auch eine Wetterzauberin war?“

Thor nickte. „Und deine Großmutter, und deine Urgroßmutter. Wetterzauberei wird immer von der Mutter an die Tochter vererbt.“ Er stupste sie mit seinem Maul. „Ihr müsst gehen. Es ist zu gefährlich hier. Aber kommt morgen nach Mitternacht wieder.“

Luna und Erin verließen die Scheune und schlossen das Tor hinter sich.

Lunas Gedanken überschlugen sich. Ihre Vermutung stimmte also – ihre Mutter war auch eine Wetterzauberin gewesen. Und nicht nur ihre Mutter! Es kam ihr so vor, als würde sich plötzlich die ganze Vergangenheit verändern. Sie war Teil von etwas, von dem sie nichts geahnt hatte. Aber jetzt war nicht genug Zeit, um darüber nachzudenken. Erins Gesicht glühte nach der Begegnung mit dem Wolkenhengst.

„Thor ist phantastisch!“, strahlte sie. „Oh, Luna, wir müssen ihn morgen befreien.“

Luna schob alle Gedanken an ihre Familie zur Seite. „Das werden wir“, sagte sie entschlossen. „Und wir lassen uns durch nichts davon abhalten.“

„Nicht einmal von Kea!“, bekräftigte Erin.

Luna lief es beim Gedanken an die dunkle Elfe kalt den Rücken runter. „Nein!“, bestätigte sie. „Nicht einmal von Kea.“

10

Als Luna nach Hause kam, legte sie Keas Zauberstein aufs Fensterbrett. Doch irgendwie fühlte es sich komisch an, die darumgewickelten Haare zu sehen. Sie fröstelte. Schnell deckte sie den Stein mit einem Buch zu und nahm einen anderen Zauberstein aus ihrer Kiste. Sie sah durch das Loch hindurch in die Wolken.

Die Pferde bewegten sich unruhig am dunklen Nachthimmel. Sie bäumten sich auf und warfen die Köpfe hin und her. Als immer mehr von ihnen anfingen herumzugaloppieren, hörte Luna entferntes Donnergrollen. Da braute sich ein Sturm zusammen.

Plötzlich fiel Lunas Blick auf eine seltsame Wolke. Sie war fast kreisrund und hatte in der Mitte ein Loch. Irgendwie erinnerte sie Luna an den runden Felsen vom „Ende der Welt“. Ein Fohlen stand davor und starrte auf das Loch. Bei seinem Anblick musste Luna an Thor denken, denn es hatte den gleichen stolz gebogenen Hals, die dunkel eingerahmten Augen, die aufmerksam gespitzten Ohren. Es schien fast, als könnte es in dem Loch etwas sehen. Was auch immer es war, es gefiel ihm offensichtlich nicht. Es schüttelte den Kopf und schlug aufgeregt mit dem Schweif. Luna hatte den Eindruck, als würde es etwas sehen, das es sehr beunruhigte.

Eine Stute kam angetrabt. Sie war schneeweiß und wunderschön. Ihre dunklen Augen glänzten. Schweif und Mähne waren lang und seidig. Das Fohlen stupste sie aufgeregt an. Auch sie sah durch das Wolkenloch und rieb dann ihre Nase an seiner. Doch das beruhigte das Fohlen nicht. Irgendetwas schien es sehr aufzuwühlen. Luna fragte sich, was das wohl sein könnte. Aber wie sollte sie das herausfinden? Seufzend senkte sie den Zauberstein. Das Fohlen sah Thor sehr ähnlich. Vielleicht war es sein Sohn?

Ich werde Thor helfen, zu dir zurückzukommen, versprach sie und hielt den Zauberstein dabei fest in der Hand. Egal wie schwierig es ist, ich werde den Entfesselungszauber ausüben, damit er in den Himmel zurückkehren kann.

„Rate mal, wer heute angerufen hat!“, rief Erin, sobald ihre Mutter das Auto am Reitstall geparkt hatte. Erin schien vor Neuigkeiten fast zu platzen. „Wer denn?“, fragte Luna neugierig.

Erin schlug die Autotür hinter sich zu und wartete, bis ihre Mutter abgefahren war. „Xanthe! Ich habe ihr erzählt, was passiert ist – die ganze Geschichte mit Thor und Kea. Und sie hat versprochen, dass sie heute Abend kommt und bei uns übernachtet. Dann kann sie uns begleiten und helfen, Thor zu befreien!“

Luna spürte eine Welle der Erleichterung.

„Und es wird noch besser: Ich habe meine Mutter gefragt, ob du zum Abendessen kommen und bei mir übernachten darfst. Sie hat Ja gesagt. Sie ruft jetzt gleich Jo an, um es mit ihr abzusprechen.“

„Super!“ Luna hätte ihre Freundin am liebsten umarmt. „Das ist genial!“

Sobald Luna und Erin an diesem Nachmittag bei Erin zu Hause ankamen und Luna ihre Tasche abgestellt hatte, liefen sie in den Garten, um die Ackerwinden zu suchen.

„Hier sind sie.“ Erin zeigte auf eine Pflanze mit weißen, trompetenartigen Blüten und dunkelgrünen Blättern im hinteren Teil des Gartens. „Ich habe meinem Vater gesagt, ich brauche sie für ein Schulprojekt. Er meinte, ich soll so viel pflücken, wie ich will!“

Die Mädchen versuchten, ein paar Pflanzen abzureißen, aber das war gar nicht so leicht. Also holten sie sich Handschuhe und eine Gartenschere. „Wir brauchen so viel, dass wir ein Seil knüpfen können. Das muss so lang sein, um damit einen Kreis zu legen, in dem jemand sitzen kann“, wiederholte Luna noch einmal Thors Anweisungen.

Als sie genug abgeschnitten hatten, machten

sie sich daran, die längsten Stücke aneinanderzuknoten, bis das Seil ungefähr vier Meter lang war.

Sie waren gerade fertig, als Erins Vater in der Hintertür auftauchte. „Erin, Xanthe ist da!", rief er.

Schnell liefen die Mädchen zur Haustür, wo bereits Erins Mutter stand. Luna sah eine Frau mit langen, welligen Haaren aus dem Auto steigen. Sie war schlank und hatte funkelnde blaue Augen und ein nettes Lächeln.

Nachdem sie Nicky begrüßt hatte, wandte sie

sich an die Mädchen. „Hallo, Erin!“ Sie nahm ihre Patentochter in den Arm und lächelte dann Luna an. „Und du musst Luna sein.“

Luna nickte schüchtern. Es war irgendwie seltsam, eine Erwachsene zu treffen, die ebenfalls eine Sternenstaub-Elfe war. Und zwar eine richtige, keine dunkle Elfe wie Kea.

Xanthe beugte sich zu ihr herunter und murmelte leise: „Wir reden später.“

Als sie Luna in die Augen sah, war Luna sich plötzlich sicher, dass sie Xanthe sehr mögen würde.

Es schien eine halbe Ewigkeit zu dauern, bis sie und Erin Xanthe endlich für sich allein hatten. Zuerst trank Xanthe mit Erins Eltern Kaffee. Sie hatte ihnen ein besonderes Geschenk mitgebracht: Karten fürs Theater am selben Abend und dazu einen Gutschein für eine anschließende Übernachtung in einem der besten Hotels.

„Aber wir können doch nicht einfach gehen!“, protestierte Nicky. „Was ist mit Erin und Luna?“

„Um die kann ich mich doch kümmern“, meinte Xanthe. „Ich weiß, wie nötig ihr beide ein bisschen Erholung habt. Außerdem ist nächste Woche euer Hochzeitstag. Da dachte ich, es wäre ein ideales Geschenk vorab."

„Das ist wirklich wunderbar! Vielen Dank!" Erins Eltern strahlten.

Als Xanthe nach oben ging, um auszupacken, hatten Erin und Luna endlich die Gelegenheit, mit ihr zu reden. Sobald sie im Gästezimmer standen, schloss Xanthe die Tür.

„Nun, ihr zwei. Da scheint ja eine Menge los zu sein", meinte sie. „Hatte ich euch nicht gesagt, dass ihr euch von der dunklen Elfe fernhalten sollt?"

„Ja, ich weiß", sagte Erin etwas kleinlaut. „Es tut mir wirklich leid, Xanthe, aber ..."

„Wir konnten es einfach nicht", mischte Luna sich ein. „Es war nicht Erins Schuld. Ich habe gesagt, ich würde versuchen, Thor zu finden – den Wolkenhengst –, egal, ob sie mitkommt oder nicht. Sei also nicht böse mit Erin."

Xanthes Miene verwandelte sich in ein Lächeln. „Schon in Ordnung, Luna. Ich bin nicht böse. Alexa, meine Tochter, hätte genau das Gleiche getan. Ich hätte wissen müssen, dass Erin und du nicht auf mich hören würdet. Du bist also eine Wetterzauberin? Und du musst einen Entfesselungszauber machen?“

Luna nickte. „Weißt du, was ich dazu tun muss? Thor hat es mir nicht gesagt. Er meinte nur, es sei schwierig und ... und gefährlich.“

Xanthe nahm Lunas Hände. „Ich weiß leider auch nicht mehr darüber. Fesselzauber und Entfesselungszauber mithilfe der Steine können nur Wetterzauberer. Ich werde versuchen, euch Kea vom Hals zu halten, damit du Zeit hast, den Zauber auszuführen. Weiß sie, dass du eine Wetterzauberin bist und dass du Thor getroffen hast?“

„Nein“, antwortete Luna. „Sie weiß nur, dass wir Sternenstaub-Elfen sind.“

„Gut.“ Xanthe wirkte erleichtert. „Dann rechnet sie nicht damit, dass du ihn befreien willst. Ich werde alles tun, was ich kann, um sie abzulenken. In der Zwischenzeit kannst du den Zauber ausführen. Erin, du bleibst bei Luna, falls sie Hilfe braucht. In Ordnung?“

Erin und Luna atmeten tief durch. „Ja, alles klar.“

In dieser Nacht zeigten Erin und Luna Xanthe den Weg zum Felsenhaus. Erin trug das Seil aus Ackerwinde und Luna den Zauberstein.

„Das ist ein seltsamer Name für ein Haus“, meinte Xanthe nachdenklich, als sie näher kamen. „Und du sagst, es hat früher deiner Familie gehört, Luna?“

Luna nickte. „Ja. Bis meine Oma gestorben ist.“

„Vielleicht heißt es so, weil man von den Felsen Ausschau nach gefährlichem Wetter gehalten hat“, schlug Erin vor.

„Oder vielleicht ging es eher um gefährliche Elfen wie Kea?“, meinte Xanthe.

Luna bekam eine Gänsehaut. Es war ein seltsamer Gedanke, dass ihre Vorfahren vielleicht in der Vergangenheit gegen dunkle Elfen gekämpft hatten.

Im Haus brannte in mehreren Zimmern Licht. „Sieht aus, als wäre Kea zu Hause“, sagte Xanthe leise. „Zeigt mir, wo Thor ist. Aber vorher sollten wir uns tarnen.“

Sie flogen zum Wald hinter dem Stall. Luna trat an die Tür der Scheune. „Thor?“, flüsterte sie. „Ich bin’s!“

Drinnen ertönte ein leises Wiehern. Dann hörte sie die Stimme des Hengstes in ihrem Kopf. „Luna! Du bist gekommen.“

„War Kea heute schon bei dir?“, fragte Luna.

„Nein, noch nicht“, antwortete Thor. „Das sieht ihr gar nicht ähnlich. Gestern ist sie auch nicht gekommen. Ich fürchte, sie heckt etwas aus.“

Luna öffnete die Tür. Sie spürte einen Luftzug neben sich, und für einen kurzen Moment wurden Erin und Xanthe sichtbar.

„Das hier ist Xanthe“, erklärte Luna. „Sie ist Erins Patentante. Sie wird uns helfen, Kea abzulenken.“

Thor senkte leicht den Kopf. „Ich grüße dich, Sternenstaub-Elfe.“

„Es ist mir eine Ehre, Wolkenhengst", entgegnete Xanthe leise. Sie sah Luna an. „Luna, du bleibst hier. Erin und ich gehen nachsehen, ob Kea im Haus ist. Falls ja, werde ich Erin zu dir zurückschicken. Du musst, so schnell es geht, mit dem Zauber anfangen." Sie drückte Lunas Hand. „Ich weiß, du schaffst das. Denk immer daran: Das Wichtigste beim Zaubern ist, fest dran zu glauben, dass du es kannst. Viel Glück!" Erin und sie flogen davon.

Als Luna nun mit Thor alleine war, wurde sie plötzlich schüchtern.

„Entfesselungszauber sind schwer auszuführen. Du musst dazu deine Fähigkeiten als Wetterzauberin benutzen. Du lässt dich dabei auf eine Vision ein, eine Art Traum, der dir so echt vorkommt wie die Wirklichkeit. Dort musst du die Fesseln lösen. Wenn es dir nicht gelingt, wirst du nicht mehr in die echte Welt zurückkehren."

„Oh." Luna schluckte schwer.

Thor schnaubte sanft auf ihre Hände. „Du musst das nicht tun, Luna."

Ein Kribbeln durchlief Luna vom Kopf bis zu den Zehenspitzen. Thor hatte zum ersten Mal ihren Namen gesagt. „Doch, ich werde es machen.“ Vorsichtig streckte sie ihre Hand aus und berührte seinen Hals.

Der Hengst sah ihr in die Augen. Dann legte er sachte sein Maul auf ihre Schulter. Luna stand ganz still und spürte seine Mähne an ihrer Wange.

Während sie so dastanden, erinnerte Luna sich an das, was sie nachts zuvor beobachtet hatte. „Ich habe gestern Nacht etwas Seltsames in den Wolken gesehen.“ Sie berichtete Thor von der Wolke mit dem Loch in der Mitte und dem aufgeregten Fohlen.

„Ein Wolkenzauberstein“, sagte Thor. „So reden Wetterzauberer normalerweise mit uns. Sie zaubern Bilder in einen Zauberstein auf der Erde, und wir können diese Bilder dann in einem Wolkenzauberstein sehen. Wie sahen die anderen beiden Pferde aus?“

„Das Fohlen sah aus wie du. Es war nur etwas dunkler. Und dann war da noch eine wunderschöne Stute. Ich glaube, es war die, die sonst immer die anderen anführt."

„Mein Sohn Mistral und meine Leitstute Alrun", sagte Thor. Er schien unruhig. „Ich frage mich, was sie wohl in dem Wolkenzauberstein gesehen haben."

Auf einmal tauchte Erin vor der Scheune auf. „Kea ist im Haus, und Xanthe ist bei ihr", berichtete sie atemlos. „Sie hat gesagt, wir können mit dem Zauber beginnen!"

Luna war plötzlich schrecklich aufgeregt. Der große Moment war gekommen. Nun gab es kein Zurück mehr!

11

Thor war mit einem Satz aus der Scheune heraus. „Wo sollen wir den Zauber abhalten?“, rief Luna und flog ihm hinterher.

„Im Wald.“ Thor galoppierte auf die Lichtung, wo Luna ihn das erste Mal gesehen hatte. „Wir wissen nicht, wie viel Zeit wir haben. Legt den Kreis, so schnell ihr könnt“, drängte er.

Erin und Luna legten mit dem aus Ackerwinde geknüpften Seil rasch einen Kreis und banden die beiden Enden aneinander.

„Was nun?“ Luna richtete sich auf.

Thor stampfte mit dem Huf auf. „Als Erstes musst du einen Faden aus dem Zauberfesselseil ziehen …“

„Aber dann werde ich mir doch wieder die Finger verbrennen, oder?“, wandte Luna ein.

Thor nickte langsam. „Ja, leider, aber das ist die

einzige Möglichkeit. Sobald du den Faden hast, nimmst du ihn mit in den Windenkreis. Du setzt dich hin und wickelst den Faden um den Zauberstein. Wenn er ganz aufgewickelt ist, löst du die drei Haare, ohne sie abzureißen. Sobald sich das letzte Haar löst, wirst du eine Vision haben. In dieser Vision geht der Ackerwindenkreis in Flammen auf. Lass dich davon nicht verunsichern, und wickle den Faden vom Stein wieder ab. Dabei sagst du die ganze Zeit folgenden Zauberspruch: *Entbinde, löse dich, befreie so den Gefesselten*. Wenn du den Faden vollständig gelöst hast, endet deine Vision. Aber sei vorsichtig." Thors Stimme wurde eindringlich. „Wenn dir auch nur ein einziges Wort außer dem Zauberspruch über die Lippen kommt, wirst du in der Vision gefangen sein. Du darfst nur die Zauberworte sagen!"

Luna war ganz schwindelig. „In Ordnung." Sie spürte Panik in sich aufsteigen. Wie sollte sie sich das bloß alles merken? „Entbinde, löse dich, befreie so den Gefesselten", wiederholte sie, um sich die Zauberworte einzuprägen.

Thor nickte. „Sobald du mit dem Zauber begonnen hast, darfst du ihn auf keinen Fall unterbrechen. Wenn du das tust, kann die Fessel nie mehr gelöst werden. Verstehst du das?“

„Ja.“ Lunas Mund war ganz trocken, und ihr Herz pochte.

Thor stupste sie sanft an. „Dann nutze deine Magie, Wetterzauberin. Hole sie dir aus dem Himmel und dem Zauberstein.“

„Viel Glück“, flüsterte Erin.

Luna atmete tief durch. Sie trat einen Schritt vor und griff nach einem losen Faden des Seils um Thors Hals. Sofort spürte sie einen brennenden Schmerz. Erschrocken schnappte Luna nach Luft.

Während sie versuchte, den Schmerz nicht zu beachten, zog sie an dem Faden. Er löste sich aus dem Seil. Luna trat damit in den Kreis und setzte sich hin.

Einen Augenblick lang sah sie nach oben. Magie durchströmte sie, und dabei ließ der Schmerz in ihren Fingern ein wenig nach. Schnell begann Luna, den Faden durch den Zauberstein zu fädeln.

Er schnitt in ihre Finger, doch es brannte nicht mehr so sehr.

Als sie das letzte Stückchen Faden aufgewickelt hatte, verknotete sie die Enden. Dann fing sie an, die Haare um den Stein eines nach dem anderen zu lösen. Schließlich kam sie zum dritten Haar. Das magische Kribbeln wurde stärker und die Welt um sie herum schien zu verschwimmen. Aus dem Augenwinkel sah Luna, dass die Blüten der Ackerwinde sich aufrichteten. Sie leuchteten seltsam. Als Luna das letzte Haar vom Stein löste, ging der Kreis aus Ackerwinde plötzlich in Flammen auf.

Erschrocken schrie Luna auf. Flammen umringten sie. Es ist nur eine Vision, dröhnte es in ihrem Kopf. Es ist nicht echt.

Aber es fühlte sich echt an. Sie konnte die Hitze der Flammen spüren. Luna griff nach dem Faden und versuchte, ihn wieder vom Stein abzuwickeln. Es fiel ihr jedoch schwer, sich zu konzentrieren. Sie konnte den Blick nicht von den Flammen wenden. Sie waren näher gekommen!

Benutze deine Zauberkräfte, schien Thors Stimme in ihren Ohren zu hallen.

Luna sah zum Himmel hinauf. Die Sterne leuchteten hell, Punkte des Lichts und der Hoffnung. Ihre Angst ließ nach. Sie fing an, den Faden abzuwickeln. „*Entbinde, löse dich, befreie so den Gefesselten*“, flüsterte sie. Sie spürte die Hitze auf ihren Wangen, doch sie zwang sich dazu, nicht darauf zu achten.

„*Entbinde, löse dich, befreie so den Gefesselten.*“ Sie hatte es fast geschafft. Der Faden brannte sich wieder in ihre Finger, heißer und immer heißer.

„*Entbinde, löse dich.*“ Ihre Stimme wurde lauter, während sie sich bemühte, den Schmerz auszublenden. „*Befreie so den Gefesselten!*“

Mit dem letzten Wort erreichte sie das Ende des Fadens. Ein weißes Licht blitzte auf. Luna hatte das Gefühl zu fallen. Plötzlich saß sie wieder auf dem Waldboden. Sie konnte Erin sehen, deren Augen vor Sorge weit aufgerissen waren. Sie sah Thor, der seine ganze Aufmerksamkeit auf sie gerichtet hatte. Sie hatte es geschafft. Die Vision war verschwunden!

Doch auf einmal explodierte der Windenkreis um sie herum – der echte aus dem Ackerwindenseil.

„Wirf den Faden ins Feuer, Luna!“, ertönte Thors Stimme. „Benutze deine Magie, um das Feuer zu löschen!“

Luna warf den Faden in die Flammen. Sofort flackerte das Feuer auf.

„*Regen, komm herbei!*“, rief sie.

Eine Sekunde später prasselte Regen herunter und löschte das Feuer. Lunas Herz klopfte laut. Sie betrachtete den Kreis aus verkohltem Gras und einigen wenigen übrigen Ackerwindenblättern. Erin und sie sahen sich an.

Im selben Moment erklang ein triumphierendes Wiehern. Luna fuhr herum. Thor bäumte sich hoch auf.

„Das Seil!“, krächzte Luna. „Es ist fort!“

„Du hast den Zauber gebrochen!“, jubelte Thor. „Ich bin frei!“

Sofort vergaß Luna den Schmerz in ihren Fingern und sprang auf. Da war auch schon Erin bei ihr und umarmte sie. „Ist alles in Ordnung? Ich bin so froh, dass du in Sicherheit bist. Es war schrecklich, als du diese Vision hattest. Ich wusste gar nicht, was passiert, und dann das Feuer …“

Thor machte einen Satz auf sie zu, dabei schien er sich zu verändern. Die Umrisse seines Körpers verschwammen. Er wurde größer und größer. Er war nicht länger ein Hengst aus Fleisch und Blut, sondern vielmehr aus wirbelndem Nebel. Seine Muskeln glichen Wolkenbergen, seine Mähne und sein Schweif glitzerten wie Schneekristalle in der Sonne.

„Was passiert mit dir?“, rief Luna erschrocken.

„Das ist meine wahre Wolkenform!“, erwiderte Thor.

Er erreichte die beiden und schrumpfte dabei auf seine ursprüngliche Größe zurück. Doch die Umrisse seines Körpers blieben verschwommen. Er wirkte fast durchsichtig. „Nun, da das Fesselseil verschwunden ist, kann ich mir aussuchen, welche Form ich annehme – die eines echten Pferds oder eines Wolkenpferdes. Oh, Wetterzauberin …“ Er senkte den Kopf und berührte mit der Nase Lunas Stirn. „Danke.“

„Gern geschehen“, murmelte Luna. Ihre Haut schien dort, wo er sie berührte, vor Kälte zu kribbeln. Sie streckte die Hand nach seinem Hals aus. Es war, als würde man eisigen Nebel anfassen. Er war da, aber irgendwie doch nicht da.

„Ich muss nun in mein Königreich zurückkehren“, sagte Thor. „Du musst den Durchgang für mich öffnen – das Tor zwischen dieser Welt und der Wolkenwelt. Es befindet sich am ‚Ende der Welt‘.“

„Ist das der Fels, der aussieht wie ein Zauberstein?“, fragte Luna.

„Der Fels, der ein Zauberstein ist“, erwiderte Thor nickend.

„Dann nichts wie hin!“ Luna flog los. Doch in diesem Moment erschien eine Gestalt in einem silbernen Kleid zwischen den Bäumen. Sie hielt sich den Kopf und wirkte blass.

„Xanthe!“, rief Luna. „Ist alles in Ordnung?“

„Es geht schon, mach dir keine Sorgen“, beruhigte sie Xanthe. „Ist Kea hier?“

„Nein. Wir dachten, sie ist bei dir“, antwortete Erin.

„Das war sie auch“, erwiderte Xanthe. „Doch dann ist sie verschwunden. Ich habe versucht, sie aufzuhalten, aber ihre Magie war zu stark.“ Xanthes Blick fiel auf Thor. „Das Fesselseil!“, rief sie. „Es ist weg. Du hast es geschafft!“

„Ja, und nun werde ich den Durchgang am ‚Ende der Welt‘ öffnen, damit Thor in die Wolken zurückkehren kann“, erklärte Luna.

„Lasst uns hier nicht auf Kea warten“, drängte Erin.

Xanthe nickte. „Ja. Das Wichtigste ist jetzt, Thor in den Himmel zurückzubringen.“

Sie flogen aus dem Wald hinaus. Thor galoppierte unter ihnen. Über ihnen funkelten die Sterne am samtschwarzen Himmel. Der Mond war rund und voll.

„Was ist denn im Haus passiert?“ Erin flog

schneller, um nicht hinter Xanthe zurückzufallen. Ein sanfter Nachtwind wehte und ließ ihre Kleider im Flug flattern.

„Zuerst habe ich wie geplant unter irgendeinem Vorwand mit Kea geredet. Das ging auch eine ganze Zeit lang gut. Doch dann wurde sie ungeduldig. Sie sagte, sie müsste noch weg", antwortete Xanthe. „Sie wollte, dass ich gehe. Als ich das nicht tat, hat sie es mit einem Fesselzauber versucht. Ich war aber darauf vorbereitet und habe stattdessen sie gefesselt. Doch sie konnte sich befreien und hat mich mit einer Windbö gegen die Wand gedrückt. Bis ich draußen war, war sie verschwunden."

„Ich frage mich, wo sie wohl ist." Luna sah sich um. Sie rechnete fast damit, dass Kea gleich auf sie zugeflogen käme. Doch der Himmel blieb leer und still. Unheimlich still, dachte Luna. Ein mulmiges Gefühl beschlich sie.

Sie erreichten die Klippen. Die drei Felsen vor der Landzunge hoben sich deutlich vom Nachthimmel ab. Die zwei hohen zeigten nach oben wie Finger. Durch das Loch des Zaubersteins schien Mondlicht. Es ließ die großen und kleinen Kieselsteine im Sand glänzen.

Das Ende der Welt, dachte Luna. Ihr wurde klar, wie treffend dieser Name war: Es handelte sich um den Ort, wo eine Welt aufhörte und eine andere begann. Hatten das die Menschen gewusst, die dem Ort diesen Namen gaben? Welche Ereignisse hatten sich hier wohl in der Vergangenheit bereits abgespielt.

„Was müssen wir tun, um den Durchgang zu öffnen? Was ..."

Luna brach erschrocken ab. Hatte sie da nicht eben eine Bewegung wahrgenommen? Eine Gestalt mit dunklem Umhang und Kapuze trat aus den Schatten des riesigen Zaubersteines hervor. Es war Kea!

12

„Was geht hier vor?“ Kea schien völlig überrascht. Ihr Blick wanderte zu Thors Hals. „Das Fesselseil!“, rief sie ungläubig.

„Ja!“, erwiderte Thor kämpferisch. „Es ist zerstört.“

Keas Blick kehrte zu Luna in ihrem glitzernden blauen Kleid zurück. Ihre Augen weiteten sich. „Du? Ja.“ Sie nickte langsam und musterte Luna von oben bis unten. „Jetzt verstehe ich.“

„Luna ist eine Wetterzauberin“, erklärte Xanthe. Sie trat vor und schob sich damit ein wenig vor Luna. „Sie hat den Entfesselungszauber vollbracht. Du hast keine Macht mehr über den Wolkenhengst.“

Luna wurde stocksteif. Sie hatte erwartet, dass Kea wütend werden würde. Doch zu Lunas großem Erstaunen starrte die dunkle Elfe Xanthe nur böse an. „Du bist also bloß gekommen, um mich während des Zaubers abzulenken."

Xanthe sah ihr in die Augen. „So ist es, und es hat funktioniert. Der Hengst wurde befreit und wird nun in den Himmel zurückkehren."

„Wir werden den Durchgang öffnen. Und Sie werden uns nicht davon abhalten!", rief Erin.

Kea zuckte bloß mit den Schultern. „Ich werde euch in der Tat nicht davon abhalten. Um genauer zu sein ...", ihre Lippen verzogen sich zu einem Lächeln, „... werde ich ihn sogar für euch öffnen."

„Was?", fragten Luna und Erin im Chor.

Kea drehte sich zum Zauberstein und machte mit ihrer linken Hand eine Kreisbewegung. Dazu murmelte sie ein Wort. Die Luft in der Mitte des Steines begann daraufhin, silbrig zu schimmern.

Kea sah Thor an. „Der Durchgang ist offen, Wolkenhengst. Du kannst zurückkehren, wenn du es wünschst. Ich brauche dich nicht mehr." Sie sah ihn triumphierend an. „Ich habe andere Pläne."

Ein helles Licht blitzte plötzlich auf. Luna schnappte erschrocken nach Luft, als ein Pferd durch das Loch im Zauberstein gesprungen kam. Ein Pferd aus Wolken. Seine Umrisse waren verschwommen, und sein Körper veränderte pausenlos Form und Größe. Doch als er auf dem Kiesstrand landete, erkannte Luna, dass es sich um das Hengstfohlen handelte – Thors Sohn!

Bevor sie noch richtig begriffen, was geschah, trat Kea vor. Sie zog einen Zauberstein aus der Tasche, in dessen Mitte ein anderer Stein steckte. Damit berührte sie den Kopf des jungen Hengstes und murmelte einige Zauberworte. Das Fohlen wieherte erschrocken auf. Doch das Wiehern brach sofort ab. Der Stein schien ihn irgendwie in sich aufzusaugen. Er verschwand in einem Wirbel im Loch des Zaubersteins.

„Seht ihr!“, rief Kea triumphierend.

„Nein!“ Thor bäumte sich auf, seine Augen waren ganz groß vor Angst. Im gleichen Moment streckte Xanthe die Hand aus, um einen magischen Blitz nach der dunklen Elfe zu schleudern. Doch es war zu spät. Kea war mit dem Stein in der Hand bereits verschwunden.

„Zeige dich!", rief Xanthe ihr hinterher. Doch nichts passierte.

Ein kaltes Lachen hallte vom Rand der Klippen über ihnen wider. Sie fuhren herum. Oben stand Kea. Ihr langes Haar wehte im Wind. Sie zeigte auf Xanthe. „*Bindet sie!*", befahl sie. Xanthe schien wie eingefroren und konnte sich nicht mehr rühren.

Dann wandte sich Kea an Luna. „Du dachtest, du hättest gewonnen, indem du den Fesselzauber brichst. Aber ich brauche den Hengst nicht. Ich brauche nur einen von königlichem Blut, um das Wetter zu beherrschen und meine Macht zu vergrößern. So steht es in den Sternen geschrieben!" Mit hämischer Miene trug sie folgenden Spruch vor:

Wenn die Dunkle zurückkehrt,
wird sich die Tür ein weiteres Mal öffnen
und alle auf Erden in Schrecken versetzen.
Ist das Band jedoch zerrissen,
werden sie wieder im Schutz sein.
Doch sobald einer sich gefügig zeigt,
wird die Macht des Dunklen wachsen."

Kea richtete sich zu ihrer vollen Größe auf. „Du hast zwar die Fesseln gebrochen, doch meine Macht ist gewachsen. Genau wie es die Sterne vorhergesagt haben.“ Mit einem weiteren höhnischen Lachen verschwand sie.

Im selben Moment war Xanthe wieder frei.

„Was war denn das?“, stammelte Erin.

Luna brachte kein Wort heraus. Keas Spruch entsprach genau dem Text auf dem Zettel in der Kiste ihrer Mutter. Aber wie konnte das sein?

Xanthe landete neben ihr. „Eine Prophezeiung“, meinte sie grimmig. „Kea muss irgendwie darauf gestoßen sein. Da wurde ihr klar, dass ihre Macht wächst, wenn ein Wolkenpferd freiwillig durch das Tor kommt. Es klingt, als hätte sie Bilder in die Wolkenwelt geschickt. Wahrscheinlich, wie Thor gefangen gehalten wurde. Sie wusste, dass sein Sohn kommen würde, um ihm zu helfen.“

Thor nickte. „Und jetzt ist Mistral ihr Gefangener. Gefangen in einer Steinfalle.“

Erin sah ihn an. „Was wirst du jetzt tun? Wirst du in die Wolkenwelt zurückkehren?“

„Das kann ich nicht", antwortete Thor. „Die einzige Möglichkeit, Mistral zu befreien, ist, seinen Wolkennamen zu benutzen."

„Seinen Wolkennamen?" Erin machte große Augen.

„Wir haben zwei Namen. Den einen benutzen wir, um mit Wetterzauberern zu sprechen, den anderen darf niemand außer den Wolkenpferden erfahren", erklärte Thor.

„Du könntest ihn doch uns sagen, und dann versuchen wir, Mistral zu befreien", meinte Erin. „Dann kannst du in die Wolken zurückkehren und dafür sorgen, dass es keine Überschwemmungen und Stürme mehr gibt."

Thor schüttelte den Kopf. „Der geheime Name eines Wolkenpferdes darf von niemand ausgesprochen werden, der nicht aus der Wolkenwelt stammt. Sonst ist das Wolkenpferd für immer auf der Erde gefangen. Ich kann euch Mistrals Namen nicht sagen."

„Wir werden dir auf jeden Fall helfen, ihn zu retten", versprach Luna. Sie ging auf Thor zu und

blickte ihm fest in die Augen. „Wir werden ihn befreien, Thor.“ Sie blickte auf den riesigen Zauberfelsen – das Tor zu einer anderen Welt. Sie hatte das Gefühl, als könnte sie fast noch Mistrals Umrisse sehen, als er mit gespitzten Ohren durch das Loch sprang und auf den Kieselsteinen landete.

Der mächtige Wolkenhengst sah Luna an. „Danke für deine Hilfe. Vielleicht gelingt es uns gemeinsam, die dunkle Macht zu besiegen und meinen Sohn zu befreien.“

Luna nickte heftig und berührte Thors Hals. Kea mochte denken, sie hätte bereits gesiegt.

Aber nein! Eine Welle der Entschlossenheit durchlief Luna. Sie wusste, es würde nicht leicht, aber Thor und Mistral würden in den Himmel zurückkehren. Gemeinsam mit Erin würde sie es schaffen, ihnen zu helfen. Die Sterne waren auf ihrer Seite!

Stardust
Wolkenpferde

Magischer Bann

Tag eins

Auf den Felsvorsprüngen in der Höhle standen Kerzen. Ihre Flammen warfen flackernde Schatten auf die feuchten Wände. Draußen brandeten die Wellen an den Kiesstrand, dicke Wolken verbargen die Sterne am Nachthimmel.

Eine Frau in einem blauen Kleid malte mit Kreide einen Kreis auf den Höhlenboden.

„Zwischen dem Meer und dem Himmel, wohin kein gewöhnlicher Mensch je gelangen kann", murmelte sie leise. Dabei schloss sie die Linie des Kreises. Dann nahm sie vier Gegenstände von einem kleinen Tisch, die sie sorgfältig um den Kreis herum platzierte: ein Glas voll Erde, eine kleine Flasche mit Korkverschluss, eine flache Silberschale, in die sie etwas Wasser goss, und eine Kerze. „Die Magie kann beginnen", sagte sie feierlich.

Die Frau richtete sich auf und ging zum Höhleneingang. „Sechs Tage, bis ein versteckter Stein sich zeigt", sagte sie und blickte aufs Meer hinaus.

Dann nahm sie drei Steine aus ihrer Tasche, drehte sie in den Fingern hin und her und ging dann zurück in die Höhle. Sie kniete sich außen vor den Kreis. „Der Seherstein." Mit diesen Worten legte sie einen Stein mit einem einzelnen Loch links neben sich. Rechts neben sich legte sie einen Stein mit zwei Löchern. „Der Schutzstein", murmelte sie.

Nun hatte sie noch einen Stein übrig. Den hielt sie hoch: Er war hellbraun, und in dem kleinen Loch in seiner Mitte steckte ein Steinsplitter.

Ihre Stimme wurde eiskalt. „Der Fängerstein."

Diesen legte sie innen in den Kreis und klatschte in die Hände. „Zeig dich, Prinz!"

Ein dünnes Nebelband stieg aus dem Loch im Stein auf. Es schwebte in die Mitte des Kreises. Dort formte der Nebel die winzige Gestalt eines jungen grauen Pferdes – nicht größer als die Hand der Frau. Der junge Hengst war fast noch ein Fohlen. Sein Schweif reichte noch nicht bis zum Boden, seine Mähne stand ein wenig hoch, und seine Beine waren lang und schlacksig. Er schnaubte und riss die dunklen Augen weit auf vor Staunen. Doch als er die Frau sah, legte er sofort die Ohren an. Er wieherte und wirbelte mit den Vorderbeinen durch die Luft.

Sie lachte. „Du kannst mir nichts tun, Wolkenprinz!“

Der junge Hengst drehte sich um und galoppierte auf den Rand des Kreises zu. Doch als er die Linie erreichte, die die Frau auf den Boden gemalt hatte, schien er gegen eine unsichtbare Wand zu prallen.

„Es gibt kein Entkommen." Die Augen der Frau funkelten höhnisch. „Du wirst tun, was ich dir sage."

Die Frau griff nach dem Stein und schloss die Finger um ihn. Sofort fiel der Hengst nach vorne auf die Knie. Die Frau sah unberührt zu, wie er sich mühsam wieder aufrappelte. Als er versuchte wegzurennen, zischte die Frau einen Befehl. Der junge Hengst hielt mitten in der Bewegung inne. Brav senkte er den Kopf. „Führe deine Wolkenherde", sagte die Frau. „Mach den Himmel frei."

Sie hob die andere Hand, in der sie keinen Stein hielt, und schnippte mit den Fingern. Eine Gruppe von Pferden tauchte im Kreis auf. Es waren junge und alte darunter, schneeweiße bis hin zu stahlgrauen. Sie sammelten sich um den jungen Hengst, als würden sie auf seine Anweisungen warten.

Er schritt auf die andere Seite des Kreises, die anderen Pferde folgten ihm. Als er die Linie auf dem Boden erreichte, blieb er stehen. Die anderen gingen weiter, über die Linie hinaus. Dann waren sie verschwunden. Schließlich war nur noch der Hengst übrig.

Die Frau streckte die Hand mit dem Stein aus, sodass das Loch in Richtung des Hengstes zeigte. Sie murmelte einige Worte. Der Hengst erschauderte und löste sich in Nebelschwaden auf. Die Nebelschwaden flossen zurück in das Loch im Stein, bis der Kreis völlig leer war.

Die Frau sah hinüber zum Höhleneingang. Der Wind hatte nun nachgelassen, und die Sterne funkelten – helle Lichtpunkte am samtschwarzen Himmel. Bis hin zum Horizont war keine Wolke mehr zu sehen. Der Mund der Frau verzog sich zu einem Lächeln.

„Tag eins beginnt“, flüsterte sie.

1

„Hab dich!"

„Nein, ich hab dich!"

Luna Davies und ihre beste Freundin Erin Summerfield flogen kichernd durch den nächtlichen Himmel und spielten Fangen.

„Na gut, du hast mich wirklich erwischt", gab Luna schließlich nach. Sie wusste, dass Erin nicht lockerlassen würde, bis sie gewonnen hatte. Sie wirbelte durch den Himmel, wobei ihr blaues Kleid im Sternenlicht funkelte. Es ist einfach phantastisch, eine Sternenstaub-Elfe zu sein, dachte Luna.

Vor Kurzem hatte sie herausgefunden, dass manche Menschen sich in Sternenstaub-Elfen verwandeln können. Dann können sie fliegen und zaubern. Sie und Erin waren beide solche Sternenstaub-Elfen. Luna hatte das Gefühl, als hätte sie eine völlig neue Welt entdeckt. In der gleichen

Nacht, als sie das mit den Sternenstaub-Elfen herausgefunden hatte, hatte sie außerdem erfahren, dass es Pferde gab, die in den Wolken lebten und von dort aus das Wetter steuerten. Und Luna konnte sie nur sehen, weil sie selbst zu einer seltenen Art der Sternenstaub-Elfen, den Wetterzauberern, gehörte. Sie war sehr, sehr froh, dass sie eine Freundin hatte, mit der sie das alles teilen konnte.

Erin bemerkte Lunas Blick und grinste. „Schon seltsam, dass wir bis vor Kurzem noch nicht mal wussten, dass wir Sternenstaub-Elfen sind, oder?“

Luna wurde ganz warm. Eines der tollen Dinge an der Freundschaft mit Erin war, dass sie so oft das Gleiche zu denken schienen. Bevor sie Erin kennenlernte, hatte Luna nie eine wirklich beste Freundin gehabt. „Genau das habe ich gerade auch gedacht“, erwiderte sie. „Was wir wohl gesagt hätten, wenn uns jemand vor einer Woche davon erzählt hätte?“

„Cool!“, meinte Erin grinsend. „Also, ich meine, das hätte ich gesagt. Du nicht?“

Luna dachte einen Moment lang nach. Vieles davon war in der Tat „cool“, zum Beispiel das Zaubern und die neue beste Freundin. Aber es gab auch andere Dinge, die nicht so toll waren. „Vermutlich“, meinte sie zögerlich. „Letzte Nacht war aber schon ziemlich gruselig.“

„Mhm“, stimmte Erin ihr zu. „Aber Spaß hat's trotzdem gemacht.“

Luna war sich nicht sicher, ob sie das Wort „Spaß“ verwenden würde, um die vergangene Nacht zu beschreiben. Sie hatten gegen eine dunkle Sternenstaub-Elfe namens Kea gekämpft, die ihre Zauberkräfte für böse Machenschaften nutzen wollte. Kea war eine mächtige Wetterzauberin und hatte den Anführer der Wolkenpferde gefangen genommen, einen Hengst namens Thor. Sie hatte ihn auf die Erde geholt, um mit ihm das Wetter zu kontrollieren. Doch er hatte sich gewehrt und es geschafft, Kontakt mit Luna aufzunehmen. Letzte Nacht hatte Luna den Wetterzauber vollbracht, der ihn befreite. Doch gerade als Thor zurück in die Wolken fliegen wollte, lockte Kea seinen Sohn, einen jungen Hengst namens Mistral, in eine Falle. Als er durch die Pforte zwischen den Wolken und der Erde getreten war, hatte Kea ihn in Nebel verwandelt und in einen Stein hineingesaugt. Thor hatte den Mädchen später erklärt, dass es sich dabei um einen speziellen Fängerstein handelte. Jetzt würde Kea versuchen, durch Mistral das Wetter zu beherrschen. Thor war nicht bereit, ohne seinen Sohn in sein Königreich im Himmel zurückzukehren.

Luna und Erin hatten Thor versprochen, dass sie alles tun würden, um ihm bei der Befreiung Mistrals zu helfen. Und so waren sie jetzt unterwegs zu Thor, um Pläne zu schmieden.

Ein Schauer überlief Luna und sie sah hinauf in den dunklen Nachthimmel. „Ich frage mich, wo Kea jetzt gerade steckt."

Erin legte eine Hand auf Lunas Arm. „Wir denken besser nicht daran, dass sie Mistral ihren Willen aufzwingen will. Ich kapiere einfach nicht, warum sie ein Wolkenpferd braucht, um das Wetter zu beherrschen. Schließlich ist sie doch

selbst eine Wetterzauberin. Und wie stellt sie es dann mit Mistral an?“

Auch Luna wusste darauf keine Antwort. Die vergangenen Tage hatten sie damit verbracht, Thor zu befreien. Ihr wurde klar, wie wenig sie noch darüber wusste, wie genau Wetterzauberer arbeiteten. „Vielleicht kann Thor uns mehr darüber erzählen.“

Sie flogen an den Klippen entlang und dann übers Heideland, bis sie einen Wald erreichten. Sie steuerten auf eine Lichtung zu und landeten. Luna sah sich nach Thor um. Und da trat auch schon ein mächtiger hellgrauer Hengst aus dem Schatten der Bäume. Er konnte sich ihnen entweder als echtes Pferd oder in seiner Wolkenform zeigen. Dann sah es aus, als wäre er ganz aus Nebel gemacht. Heute hatte er die echte Form gewählt.

„Thor!“, rief Luna.

Der Hengst stupste Luna mit der Nase an der Schulter. „Du bist gekommen“, sagte er sanft.

„Natürlich“, antwortete sie.

„Wir haben doch versprochen, dass wir dir helfen, Mistral zu retten“, bekräftigte Erin.

„Danke.“ Mit seinen ernsten Augen sah Thor von einem Mädchen zum anderen. „Mistral muss befreit werden. Er ist noch jung und nicht stark genug, um einer solch mächtigen Elfe zu widerstehen. Kea könnte ihn dazu benutzen, Stürme herbeizuzaubern, Überschwemmungen, Hagelschauer …“

„Aber warum braucht sie dazu ein Wolkenpferd?“, fragte Erin. „Sie ist doch eine Wetterzauberin. Bedeutet das nicht, dass sie selbst über das Wetter herrschen kann?“

„Wetterzauberer bestimmen nicht über das Wetter. Sie benutzen Zaubersteine, um mit dem Anführer der Wolkenpferde zu sprechen. Sie bitten ihn darum, was das Wetter tun soll. Doch die endgültige Entscheidung liegt beim Wolkenhengst. Kea will vollkommene Kontrolle, damit sie die Wolkenpferde am Himmel unter ihren Willen zwingen kann.“

„Aber wie genau machen die Wolkenpferde denn das Wetter?“, bohrte Luna nach. Sie kam sich ein bisschen dumm vor, dass sie die Antwort darauf nicht selbst kannte.

„Wir *sind* das Wetter“, antwortete Thor. „Wenn wir ruhig umherwandern, dann ziehen die Wolken gemächlich vorüber. Wenn wir galoppieren, rasen die Wolken über den Himmel. Wenn wir uns dicht zusammenrotten, werden die Wolken dunkler und regenschwer. Wenn wir hinter dem Horizont verschwinden, verschwinden auch alle Wolken. Der Anführer der Herde – ein Pferd von königlichem Blut – entscheidet, was passiert. Und während die Herde ihm folgt, verändert sich das Wetter."

Erin runzelte die Stirn. „Aber wie kann Kea das Wetter beherrschen, wenn du oder dein Sohn hier auf der Erde seid? Wenn ihr nicht in den Wolken seid, könnt ihr ja auch die anderen Pferde nicht anführen."

„An dieser Stelle kommt Keas Wettermagie zum Einsatz", erklärte Thor. „Wetterzauberer haben die Fähigkeit, mithilfe von Zaubersteinen andere Orte zu sehen, mit anderen zu sprechen, die weit entfernt sind. Sehr mächtige Wetterzauberer wie Kea können die Zaubersteine außerdem dazu benutzen, Scheinbilder herbeizuzaubern, sogenannte Visionen. So hat sie Mistral hier auf der Erde in ihrer Gewalt. Sie wird jedoch eine Vision von ihm ins Wolkenreich schicken. Wir müssen sie aufhalten. Vor vielen Jahren hat bereits einmal eine andere dunkle Elfe versucht, das Wetter zu kontrollieren. Sie hat meinen Großvater entführt, der damals König der Wolkenpferde war. Es gab fürchterliche Stürme, und die Küste versank im Chaos, bis die Elfe besiegt war. Wir müssen den Fängerstein finden und Mistral befreien, bevor dasselbe wieder passiert.“ Er sah Luna an. „Du bist eine Wetterzauberin und kannst deshalb den Zauber des Fängersteins mit deiner Magie brechen. Aber zuerst müssen wir ihn finden.“

„Vielleicht ist er in ihrem Haus?“, überlegte Luna.

Thor schüttelte den Kopf. „Sie wird sich einen geheimen Ort gesucht haben. Höchstwahscheinlich irgendwo draußen, denn es ist leichter, mit Zaubersteinen im Freien zu zaubern.“

„Dann müssen wir sie doch einfach nur beobachten und ihr folgen“, meinte Erin eifrig.

„Aber wahrscheinlich wird sie sich tarnen, wenn sie dorthin fliegt“, wandte Luna ein. Alle Sternenstaub-Elfen konnten sich tarnen. Sie benutzten ihre Zauberkräfte dazu, die gleiche Farbe wie die des Hintergrunds anzunehmen. Dadurch wurden sie so gut wie unsichtbar.

„Und wie sollen wir dann herausfinden, wo sie den Stein aufbewahrt?“, wollte Erin wissen.

„Es gibt eine Möglichkeit“, erwiderte Thor. Er schaute sie mit ernsten Augen lange an. „Es ist gefährlich, aber Luna könnte einen Zauberstein dazu verwenden, Kea zu beobachten. Bring morgen Nacht einen Seherstein mit, Luna, einen Zauberstein mit einem einzigen Loch in der Mitte. Dann werde ich dir beibringen, wie du seine Magie nutzt. Aber komm nicht in Versuchung, es alleine zu probieren. Wenn du jemanden durch eine Vision mit einem Seherstein beobachtest, dann schaffst du damit eine Pforte zwischen dir und dem Ort, den du beobachtest. Wenn du in der falschen Richtung durch so eine Pforte trittst, dann kann es sein, dass dein Geist in der Vision gefangen bleibt und nicht in deinen Körper zurückkehren kann. Das ist gefährlich. Aber dir wird nichts passieren, wenn du mir vertraust. Ich werde dich führen."

„Das geht in Ordnung", entgegnete Luna. Sie versuchte, mutig zu klingen. „Es macht mir nichts aus, wenn es gefährlich ist. Ich wünschte nur, wir könnten es gleich tun."

Thor berührte mit seinen weichen Lippen ihre Schulter. „Vielen Dank. Jetzt zupf ein Haar aus meiner Mähne. Du wirst bald lernen, jederzeit durch Zaubersteine mit mir reden zu können. Aber bis dahin musst du nur das Haar festhalten und nach mir rufen. Wo auch immer du bist, durch die Wolkenmagie in mir werde ich dich hören."

Luna sah seine lange weiße Mähne an und zögerte. Sie traute sich nicht.

„Na los", ermunterte Thor sie.

Vorsichtig zupfte Luna ein einzelnes Haar aus seiner Mähne.

„Hab keine Scheu, es zu verwenden, wann immer du es brauchst“, sagte Thor eindringlich.

Das Haar fest in der Hand flog Luna hinauf in den Himmel. Erin folgte ihr. Sie schien fast ein bisschen neidisch. „Ich wünschte, ich wäre auch eine Wetterzauberin und könnte mit den Steinen zaubern wie du.“

Luna war ziemlich aufgewühlt. „Ich hoffe, ich schaffe alles so, wie Thor sich das vorstellt.“

„Aber natürlich schaffst du das!“ Erin drückte ihre Hand.

Erins Zuversicht gab Luna Mut. Ja, ich werde Thor helfen, dachte sie. Ich werde den Zauber durchführen, um Mistral zu finden. Und dann befreien wir ihn!

2

Als Luna am nächsten Morgen aufwachte, lachte die Sonne durch ihr Zimmerfenster, und das Haus war bereits erfüllt vom üblichen Lärm. In der Küche klapperte Geschirr, und der Sportsender des Radios dröhnte aus dem Wohnzimmer.

Luna rieb sich die Augen und stand auf. Sam und Ben, ihre beiden Stiefbrüder, waren in der Küche. Sie aßen riesige Schüsseln voll Müsli und unterhielten sich über Windsurfing. Alle in der Familie, mit Ausnahme von Luna, waren begeisterte Surfer.

„Schade, dass es heute keinen Wind gibt“, meinte Ben mit Blick aus dem Fenster. „Da brauchen wir erst gar nicht auf die Bretter.“

Der Himmel war strahlend blau, und es war kein Wölkchen in Sicht. Luna spürte bei diesem Anblick große Erleichterung. Es sah zumindest so aus, als hätte Kea bisher noch kein Chaos anrichten können.

„Gehst du heute reiten?“, erkundigte sich Ben.

„Ja.“ In diesem Moment ertönte Fußgetrappel auf der Treppe. Jake, ihr jüngster und lautester Stiefbruder, kam in die Küche gestürmt. Ihm folgte Jo, Lunas Stiefmutter.

„Was werdet ihr denn heute im Stall machen?“, fragte sie Luna.

„Nun ja, es gibt da ein neues Pony, das ich gerne reiten würde. Es heißt Kestrel und ist unheimlich süß. Bisher hat ihn noch niemand für die Reitstunde gekriegt, aber Jackie meinte, eine von uns darf es heute probieren. Ich hoffe so, dass ich das bin.“

„Ich fahr dich in einer halben Stunde in den Stall“, versprach Jo.

Als Luna im Stall ankam, sah sie sich überall nach Erin um, aber ihre Freundin war nirgends zu entdecken. Sie ging in die Sattelkammer, um ihr Mittagessen im Spind zu verstauen. Fran und Katie, zwei der anderen Stallmädchen, saßen auf einer Holzkiste und putzten Sattelzeug. Sie sahen auf, als Luna hereinkam.

„Hallo“, murmelte Luna.

„Hi“, erwiderte Katie knapp.

Fran sagte nichts. Sie hatte blonde Haare und große blaue Augen. Katie war viel größer und hatte ihre braunen Haare zum Pferdeschwanz zurückgebunden. Die beiden waren mit Luna in die Grundschule gegangen, doch danach waren sie in unterschiedliche Schulen gekommen. Seither ließen sie sie links liegen oder machten schnippische Bemerkungen. Luna versuchte, so zu tun, als sei es ihr egal, aber das stimmte nicht.

„Ich frage mich, wen wir wohl heute reiten dürfen“, meinte Katie.

„Ich will unbedingt Kestrel reiten“, sagte Fran. „Jackie hat gesagt, dass er sehr gut springen kann.“

„Den hätte ich auch gerne“, erwiderte Katie.

Luna hörte Erin draußen nach ihr rufen. Sie eilte zur Tür. „Hi!“

„Hallo!“, begrüßte Erin sie strahlend. Erin war

erst vor ein paar Wochen in die Gegend gezogen und noch neu im Reitstall. Luna war froh, sie hierzuhaben. Damit konnten ihr die Sticheleien von Fran und Katie nicht so viel anhaben.

Jackie kam aus ihrem Büro. „Hey, ihr zwei. Könnt ihr mir Peppe und Kestrel reinholen? Sie sind auf der oberen Weide."

„Klar", meinte Erin. „Wen dürfen wir heute reiten, Jackie?"

„Du kriegst Smoky, Erin. Und du, Luna, könntest mal Kestrel ausprobieren, dachte ich."

Luna war ganz aufgeregt vor Freude. Sie und Erin grinsten sich an.

Als sie die Weide erreichten, rief Luna Kestrels Namen. Er hob den Kopf und kam mit gespitzten Ohren zu ihr herüber. Er war so ein hübsches Pony. Man konnte an seinem edlen Kopf, den großen dunklen Augen und dem seidigen Stirnschopf erkennen, dass er Araberblut in sich hatte. Als Luna den Führstrick an seinem Halfter einhakte, stupste er sie mit dem Maul liebevoll an der Schulter.

Erin schloss sich mit Peppe an, und so führten sie die zwei Ponys zum Vorplatz. Dort wurden sie bereits von Fran und Katie erwartet. Die beiden wirkten ziemlich sauer. Fran warf Luna einen bösen Blick zu. „Du darfst also Kestrel reiten? Na, ich wette, du kommst sowieso nicht mit ihm klar. Jackie sagt, er sei total lebhaft."

Luna wurde rot und drehte den beiden den Rücken zu. Aber Erin hatte Fran gehört. „Natürlich wird Luna mit ihm klarkommen", verkündete sie. „Sie reitet am besten von uns allen!"

„Komm, lass uns gehen." Luna zupfte an Erins Ärmel, als sie sah, wie sich Frans Miene versteinerte. Sie hasste Streit. Sie führten die Ponys weg.

„Ich verstehe nicht, warum du dich nicht verteidigst.“ Erin schüttelte den Kopf. „Sag ihnen doch einfach, sie sollen dich in Ruhe lassen, wenn sie sich so doof verhalten.“

Luna wünschte, sie könnte das. Aber sie hatte immer Angst, dass Fran und Katie noch gemeiner wurden, wenn sie sich wehrte. Doch sie wusste, Erin würde das nicht verstehen. Erin hatte vor nichts und niemandem Angst. Das gehörte zu den Dingen, die Luna besonders an ihr mochte.

Erin war in Gedanken schon weiter. „Komm, putzen wir unsere Pferde!“, schlug sie vor.

Eine Stunde später ritt Luna auf Kestrel auf den Reitplatz. Er schritt zügig aus und versuchte, mit Misty vor ihm aufzuschließen. Luna bemühte sich, ihn langsamer gehen zu lassen.

„Ganz ruhig, mein Junge“, flüsterte sie ihm zu. Er schüttelte ungeduldig den Kopf.

„Die ganze Abteilung vorbereiten zum Trab und ... antraben!“, rief Jackie.

Kestrel sprang los. Luna merkte, wie ihr mulmig wurde. Dieses Pony hatte mehr Temperament, als sie gedacht hatte. Sie ließ sich tief in den Sattel sinken und packte die Zügel fester.

„Halt ihn ruhig, Luna", warnte Jackie.

Luna spürte, wie sie schwitzte. Kestrel scheute und Luna verlor einen Steigbügel. „Ganz brav", rief sie und griff in seine Mähne. Doch kaum merkte er, dass die Zügel locker waren, schoss er los. Luna versuchte ihn aufzuhalten, aber er reagierte nicht. Er galoppierte wild durch die Bahn.

„Steh!", schnaufte Luna und versuchte, die Zügel nachzufassen. Aber er war zu stark. Sie konnte ihn nicht bremsen!

„Setz dich tief in den Sattel", rief Jackie. „Und bring ihn auf den Zirkel!"

Lunas Herz klopfte laut, als Kestrel an den anderen Ponys vorbeiraste und auf die Ecke zuschoss. Da zog sie, so fest sie nur konnte, am linken Zügel. Er wurde langsamer und fiel in Trab. Mit klopfendem Herzen brachte Luna ihn schließlich zum Stehen.

Jackie kam mit großen Schritten zu ihr herüber. „Alles in Ordnung?"

Luna nickte, aber ihr standen die Tränen in den Augen. Sie bemerkte Erins mitfühlenden Blick.

„Ich hab doch gleich gesagt, der ist zu wild für dich“, sagte Fran schnippisch.

Doch Jackie überhörte sie einfach. „Das hast du sehr gut gemacht“, lobte sie Luna. „Ich hatte nicht damit gerechnet, dass er so lebhaft ist. Ich hätte ihn vor der Stunde an die Longe nehmen sollen. Vielleicht bringst du ihn besser in den Stall und sattelst dir Sandy?“

Luna rutschte von Kestrels Rücken. Ihre Beine zitterten so sehr, dass sie fast nachgaben, als ihre Füße den Boden berührten. Fran kicherte hämisch.

Luna brachte Kestrel in seine Box und sattelte rasch Sandy, ein gemütliches, verfressenes Pony. Auf ihr ritt sie zurück zum Reitplatz und reihte sich hinter Katie in die Abteilung ein. Katie drehte sich um und zog eine Grimasse. Lunas Wangen glühten. Sie sah weg. Da fiel ihr Blick auf ein langes graues Haar aus Kestrels Mähne, das sich in ihrem Reithandschuh verfangen hatte. Ein Bild aus der vergangenen Nacht schoss ihr durch den

Kopf, als sie sich ein Haar aus Thors Mähne gezupft hatte. Was würden Katie und Fran sagen, wenn sie von dem Wolkenhengst wüssten und dass Luna zaubern konnte?

Heute Nacht werde ich lernen, wie ich mit einem Seherstein Kea beobachten kann, dachte sie aufgeregt. Wie würde das wohl sein?

3

„Wie war dein Tag im Stall?“, erkundigte sich Jo, als sie Luna am Spätnachmittag abholte.

„Mhm.“ Luna wollte lieber schnell das Thema wechseln. Sie hatte keine Lust, über Kestrels Ausreißversuch zu reden. „Und was hast du heute gemacht?“

„Ich bin vorhin nach Long Medlow gefahren, um Tante Alice abzuholen. Sie wird heute mit uns zu Abend essen.“

Tante Alice war Jos Großtante. Sie war sehr alt, aber sie wohnte immer noch ohne fremde Hilfe in ihrem kleinen Häuschen. Luna besuchte sie oft gemeinsam mit Jo. Dann erzählte Tante Alice ihr Geschichten von früher. Von ihr hatte sie auch von den Wolkenpferden erfahren.

Sie parkten vor dem Haus. Luna sprang gleich aus dem Auto. Sie konnte Tante Alice am Fenster stehen sehen. Luna winkte ihr zu und rannte hinein. „Hallo!“

„Hallo, Liebes“, begrüßte Tante Alice sie. „Wie geht es den Pferden heute?“

„Prima“, antwortete Luna schnell.

„Ich erinnere mich noch gut daran, wie ich zehn war“, meinte Tante Alice. „Komm, setz dich zu mir aufs Sofa“, bat sie. „Weißt du, damals lebte meine Freundin Dolly auf einer Farm. Sie hatte drei Ponys ...“

„Solo, Finch und Beauty“, ergänzte Luna. Sie hatte schon oft von diesen Ponys gehört.

Tante Alice lächelte. „So ist es. Wir sind mit ihnen am liebsten an den Strand. Eines Tages ritten wir nach ‚Vier Felsen‘. Aber dann kam die Flut und hat uns vom Festland abgeschnitten. Wir mussten auf dem Rücken der Ponys zum Strand zurückschwimmen.“

Luna runzelte die Stirn. Diese Geschichte hatte sie doch schon einmal gehört. „Ich dachte, das ist passiert, als ihr ein Picknick bei den Felsen vom ‚Ende der Welt‘ gemacht habt?“

„‚Vier Felsen‘ ist nur ein anderer Name für das ‚Ende der Welt‘“, erklärte Tante Alice.

„Aber warum heißt es ‚Vier Felsen‘?“, wollte Luna wissen. Sie dachte an das „Ende der Welt“. Es gab dort zwei hohe Felsen und einen riesigen Zauberstein, der in der Mitte ein Loch hatte. Dieses Loch war groß genug, dass ein Erwachsener durchklettern konnte. „Am ‚Ende der Welt‘ sind nur drei Felsen“, sagte Luna.

Tante Alice wirkte verwirrt. „Weißt du was, ich kann mich nicht mehr daran erinnern, warum es ‚Vier Felsen‘ genannt wurde“, sagte sie. „Ich weiß nur noch, dass es so war.“

Was Tante Alice wohl sagen würde, wenn sie wüsste, dass der riesige runde Felsen die Pforte zur Welt der Wolkenpferde war, fragte sich Luna. Genau dort hatte Kea Mistral gefangen, als er durch das Loch im runden Stein gesprungen war. Sie hatte ihn mit einem Stein an der Stirn berührt. Daraufhin hatte sich der junge Wolkenhengst in Nebelschwaden aufgelöst, die dann von dem Loch im Stein aufgesaugt wurden.

„Genug von meinen alten Geschichten“, sagte Tante Alice. „Erzähl mir davon, was du heute gemacht hast. Welches Pony bist du geritten?“

Luna erzählte Tante Alice von ihrem Tag, aber Kestrel erwähnte sie nicht.

Nachdem sie alle zusammen zu Abend gegessen hatten und es Zeit zum Schlafen war, ging Luna nach oben in ihr Zimmer. Sie dachte an die Nacht, die vor ihr lag. Einerseits war sie aufgeregt, aber auch ein bisschen ängstlich beim Gedanken an die Magie der Zaubersteine. Sie schlüpfte in ihren Schlafanzug.

Nachdem sie ihre Kleider weggeräumt hatte, wickelte sie das Haar aus Thors Mähne um das Armband ihrer Uhr. Sie wollte es immer bei sich

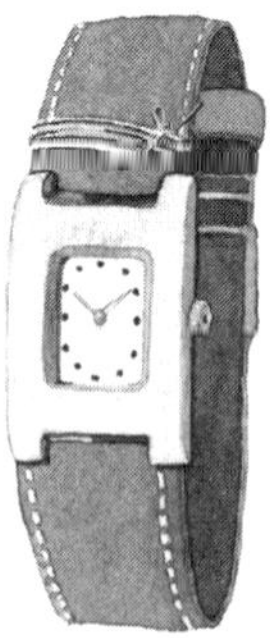

tragen für den Fall, dass sie mit ihm reden musste. Dann holte sie die kleine Holztruhe hervor, die ihrer Mutter gehört hatte. Sie war voller Zaubersteine. Damals waren ungefähr zehn Zaubersteine darin gewesen. In den sieben Jahren seit dem Tod ihrer Mutter hatte Luna noch viele hinzugefügt. Thor hatte ihr gesagt, dass die Wetterzaubermagie von Mutter zu Tochter vererbt wird. Also musste Lunas Mutter auch eine Wetterzauberin gewesen sein. Das war ein seltsamer Gedanke.

Luna entnahm der Kiste ein Stück Papier und faltete es auseinander. Darauf standen fünf Zeilen:

Wenn die Dunkle zurückkehrt,
wird sich das Tor ein weiteres Mal öffnen
und alle auf Erden in Schrecken versetzen.
Ist das Band jedoch zerrissen, werden sie
wieder behütet sein.
Doch sobald einer sich gefügig zeigt, wird
die Macht des Dunklen wachsen,
bis ...

Luna hatte sich schon so viele Male gefragt, was diese Zeilen bedeuteten. Und in der vorletzten Nacht hatte sie erfahren, dass sie der Anfang einer Prophezeiung waren. Eine Prophezeiung, die sich gerade zu erfüllen schien. Die „Dunkle“, von der hier die Rede war, schien Kea zu sein.

Wir müssen sie aufhalten, dachte Luna entschlossen.

Sie nahm einen weißen Stein aus der Kiste. Das Loch in seiner Mitte war ein dunkler Schatten. Als Luna so auf dieses Loch starrte, schien das Zimmer um sie herum plötzlich zu verschwimmen. Ein Kribbeln breitete sich durch ihren ganzen Körper bis in die Zehenspitzen aus.

Luna hielt den Atem an. Dieses Gefühl bedeutete Magie!

Einen Moment lang schoss ihr der Gedanke durch den Kopf, dass sie den Stein weglegen sollte. Aber der dunkle Schatten in der Mitte schien sie magisch anzuziehen. Sie spürte, wie mächtige Zauberkräfte in ihr aufstiegen.

Sie war ganz aufgeregt. Vielleicht konnte sie alleine herausfinden, wo Kea war? Vielleicht kannte sie dann Mistrals Versteck schon, wenn sie heute Nacht mit Erin zu Thor flog? Das wäre großartig! Und ehe sie es sich richtig überlegt hatte, flüsterte sie ein Wort: „Kea."

Die Dunkelheit schien zu explodieren. Plötzlich sah Luna nicht mehr ein Schattenloch vor sich, sondern ein Bild – ein Bild, das sich bewegte. Es schien sich um das Innere einer Höhle zu handeln. Durch eine Öffnung konnte sie das Meer sehen. Obwohl ein Teil von ihr wusste, dass sie sich immer noch in ihrem Schlafzimmer befand, konnte sie die Wellen gegen die Steine brechen und eine einsame Möwe schreien hören. Auf dem Boden der Höhle war ein weißer Kreis und davor kniete eine Frau. Ihre dunklen Haare hatte sie in einem Zopf zusammengebunden.

Kea! Der Name war auf einmal in Lunas Kopf.

Da drehte sich die Frau plötzlich um, und ihre Augen schienen Luna direkt anzuschauen. Sie hatte einen Seherstein in der Hand. „Komm!“, sagte sie leise.

Luna zögerte. Sie wusste, es war gefährlich, aber die Vision schien sie magisch anzuziehen. Nein, dachte sie, und kämpfte dagegen an.

Kea sah ihr tief in die Augen. „Komm, Luna.“

Ihre Stimme war weich, und ihr Lächeln wirkte seltsam vertraut. Lunas Widerstand schmolz, sie trat einen Schritt vor …

4

Und plötzlich wurde alles um Luna herum schwarz. Einen Moment lang hatte sie das Gefühl zu fallen. Dann landete sie hart auf dem Boden. Unter ihren Händen spürte sie feuchten Felsen. Sie blinzelte und sah sich um. Sie befand sich in einer Höhle. Sie hatte nur den Bruchteil einer Sekunde Zeit, um das Geräusch der Brandung draußen wahrzunehmen. Dann stand Kea vor ihr. Alle Weichheit war aus ihrem Gesicht gewichen.

Panik erfasste Luna. Sie rappelte sich auf und spürte erst in diesem Moment die kalte Luft auf ihrer Haut.

„Bindet sie!“, zischte die dunkle Elfe.

Auf einmal konnte Luna sich nicht mehr bewegen. Es kam ihr so vor, als würde eine eiserne Faust sie fest umklammert halten. Kea murmelte einen Zauberspruch. Aus dem Nichts tauchten weiße Nebelschwaden auf und umgaben Luna wie ein Spinnennetz. Kea kam zu ihr und nahm ihr den Seherstein aus der Hand, den Luna immer noch umklammert hielt.

„Ich habe auf dich gewartet, Luna. Ich dachte mir schon, dass du versuchen würdest, mich zu finden. Deine Zauberkräfte sind stark, auch wenn du noch nicht weißt, wie du sie benutzen kannst.“ Sie betrachtete Luna einen Moment lang kühl. „Und was mache ich jetzt mit dir?“

Luna versuchte, die nebligen Spinnweben loszuwerden, aber sie gaben keinen Millimeter nach.

Kea lachte über ihre Befreiungsversuche. „Ich könnte dir mit meiner Kristallkugel deinen Sternenstaub wegnehmen. Oder ich könnte dir ein Fesselarmband anlegen. Dann müsstest du alles tun, was ich dir sage.“

Lunas Haut juckte vor Angst. „Nein!“ Sie ballte die Hände zu Fäusten und versuchte, ihre Arme zu befreien.

Plötzlich spürte sie, wie sie etwas in der Hand kitzelte. Es war das Haar aus Thors Mähne! Ein

Teil davon hatte sich von ihrem Uhrenarmband gelöst.

„Benutze das Haar, wenn du mit mir Kontakt aufnehmen willst." Thors Stimme schien in ihrem Kopf widerzuhallen.

Luna griff das Haar zwischen Daumen und Zeigefinger und zog daran. Vorsichtig löste sie es Stück für Stück von ihrem Armband. Kea kam näher und streckte den Arm nach ihr aus. Luna wusste nicht, wie sie genau Kontakt mit Thor aufnehmen sollte.

„Bitte hilf mir, Thor!", flehte sie. Sie umschloss das Haar ganz fest in ihrer Hand. Und plötzlich gab es einen grellen Blitz aus weißem Licht. Luna schloss erschrocken die Augen. Ein lautstarkes Wiehern erfüllte die Luft, und Kea schrie auf. Luna traute ihren Augen kaum. „Thor!"

Direkt vor ihr stand der Wolkenhengst. Seine dunklen Augen funkelten wütend. Er hatte sich auf die Hinterbeine erhoben und schlug mit den Vorderhufen nach der dunklen Elfe.

„Nein!" Kea wich zurück. Sie blieb an einer Fels-

kante hängen, stolperte und fiel nach hinten. Dabei ließ sie den Zauberstein fallen. Als dieser auf dem Boden aufschlug, spürte Luna, wie sich die Spinnweben lösten. Sie kämpfte ihre Arme aus den weißen, klebrigen Fetzen frei. Kea streckte die Hand aus und zeigte auf Thor.

„Den Zauberstein, Luna!“, rief er.

Luna warf sich auf den Zauberstein. Sie wusste nicht, was sie damit tun sollte, doch sobald sie ihre Finger darum schloss, spürte sie das magische Kribbeln.

„Halt dich an meiner Mähne fest!“, hörte sie Thors Stimme in ihrem Kopf. „Schau in den Stein.“

Luna hielt den Stein ganz fest, griff nach Thors Mähne und schaute in den Stein. „Sag, wo du hinwillst!“, drängte er.

„Du wirst nicht entkommen!“, zischte Kea.

„Nach Hause!“, keuchte Luna. Sie spürte, wie Thor lossprang. Einen Moment lang schien seine Mähne sich wie dicker Nebel um sie zu legen. Sie hatte das Gefühl, durch weiße Watte zu fallen. Dann landete sie mit einem harten Plumps auf dem Boden. Verwirrt sah sie sich um. Sie lag in ihrem Zimmer auf dem Teppich. Allein. Ihr Blick fiel auf den Zauberstein in ihrer Hand. Das Schattenloch in der Mitte war dunkel und schien sie zurückzulocken. Sie warf den Stein zur Seite. Er rollte über den Fußboden.

Eine Minute lang war alles ruhig. Dann hörte sie Jos Stimme. „Ist alles in Ordnung, Luna?“

Luna schluckte schwer und zwang sich, ganz

normal zu klingen. „Ja, alles klar. Ich habe nur was fallen lassen.“

Sie hörte, wie sich Jos Schritte über den Flur und die Treppe hinunter entfernten. Luna holte tief Luft. Dann stand sie mühsam auf und setzte sich auf ihr Bett. Bilder aus der Höhle und von all dem, was gerade passiert war, tanzten vor ihren Augen.

Thor! Eine Welle der Angst ergriff Luna. Wo war er? Hoffentlich ist ihm nichts zugestoßen?, dachte sie verzweifelt. Da entdeckte sie ein langes weißes Pferdehaar auf ihrem Schlafanzug. Sie nahm es vorsichtig in die Hand.

Thor, dachte sie. Thor, wo bist du?

„Im Wald. Es geht mir gut“, hörte sie die Stimme des Hengstes in ihrem Kopf. „Komm, sobald du dich verwandeln kannst.“

„Das werde ich“, antwortete Luna. „Thor, es tut mir so leid. Ich weiß, ich hätte nicht in den Stein schauen sollen, aber …“

„Komm einfach her“, unterbrach er sie.

Luna schluckte und senkte den Kopf. Thor klang ganz und gar nicht wie sonst.

5

Luna lag im Bett und fragte sich, wann ihr Vater und Jo heute wohl schlafen gehen würden. Einerseits konnte sie es kaum erwarten, sich zu verwandeln. Dann konnte sie schnell zu Thor fliegen und herausfinden, was passiert war. Andererseits, und dieser Teil in ihr war wesentlich stärker, fühlte sie sich elend. Was würde Thor ihr sagen? Er hatte sie extra gebeten, nicht mithilfe eines Zaubersteines allein nach Kea zu suchen. Sie hatte nicht auf ihn gehört und sie beide in ziemliche Schwierigkeiten gebracht.

„Geht nicht ins Bett, geht nicht ins Bett", flüsterte sie leise, als sie ihren Vater im Bad hantieren hörte. Aber bald schloss sich die Schlafzimmertür, und kurz darauf hörte sie das leise Klick des Lichtschalters.

Luna wartete, bis alles ganz still war. Dann verwandelte sie sich in eine Sternenstaub-Elfe. Ihr war immer noch ganz flau im Magen vor Aufregung, als sie losflog, um Erin zu treffen.

Erin wartete bereits ungeduldig auf sie. „Luna! Ich dachte schon, du kommst gar nicht mehr! Beeil dich! Ich will so schnell wie möglich zu Thor, damit er dir zeigen kann, wie du mithilfe der Zaubersteine Kea beobachten kannst."

„Es ist zu spät", meinte Luna niedergeschlagen.

Erin schaute sie verwirrt an, und Luna erzählte ihr, was vorhin passiert war.

Ausnahmsweise schien es Erin fast die Sprache zu verschlagen. „Oh ... ach du meine Güte."

Luna biss sich auf die Lippe. „Thor wird mir bestimmt eine ordentliche Standpauke halten."

„Na, besser wir bringen es hinter uns. Ich bin sicher, er wird dir nicht allzu böse sein." Ihre haselnussbraunen Augen blickten hoffnungsvoll drein. „Du wolltest schließlich nur helfen."

Gemeinsam flogen sie in Richtung Wald. Erin drückte Lunas Hand.

Thor wartete bereits auf der Lichtung. Besorgt

trat er vor, als die Mädchen dort landeten. „Was ist passiert?“, wollte er von Luna wissen. „Wie bist du in Keas Fänge geraten?“

Luna hatte den Blick auf den Waldboden gerichtet. „Ich habe in einen Seherstein geschaut“, antwortete sie leise. „Ich habe die Magie gespürt. Und dann habe ich Keas Namen gesagt.“

„Habe ich dich nicht gewarnt, dass du ohne meine Anleitung keinen Seherstein benutzen sollst?“, fragte Thor.

„Ich weiß. Es tut mir leid“, stammelte Luna. „Kea hat gesagt, ich soll kommen, und ich ... ich konnte nicht anders.“

„Luna hat nur versucht zu helfen“, kam Erin ihrer Freundin zu Hilfe.

„Aber dabei hat sie so viel riskiert!“ Thor sah Luna aufgewühlt an. „Indem du eine Vision von Kea heraufbeschworen hast, hast du die Pforte zwischen dir und ihr geöffnet. Du hast zugelassen, dass sie deinen Geist durch diese Pforte lockt. Du hättest dort gefangen bleiben können. Dein Geist an einem Ort und dein Körper an einem anderen!“

„Es tut mir so leid!“, sagte Luna niedergeschlagen.

„Du warst dir der Gefahr wahrscheinlich gar nicht richtig bewusst“, erwiderte Thor. „Eine solch mächtige dunkle Elfe wie Kea wartet nur darauf, dass du sie ausspionierst. Deshalb wollte ich nicht, dass du einen Seherstein benutzt, solange ich nicht bei dir bin.“

„Sie wollte mir ein Fesselarmband anlegen“, erzählte Luna und erschauderte bei der Erinnerung. „Sie wollte völlige Macht über mich, aber dann bist du gekommen.“ Sie sah den Wolkenhengst an. „Wie ging das denn?“

„Du hast mit dem Haar aus meiner Mähne eine Pforte für mich geschaffen“, erklärte Thor. „Wie ich dir letzte Nacht schon sagte, sind Haare sehr mächtig in der Wetterzauberei. So konnte ich zu dir in die Vision reisen.“

„Wenn du nicht gekommen wärst, Thor …“ Lunas Stimme versagte.

Thor trat einen Schritt vor und berührte sanft ihren Arm. „Das Wichtigste ist, dass du entkommen konntest.“

Luna brannte darauf, ihren Fehler wiedergutzumachen. „Kannst du mir denn jetzt beibringen, wie ich einen Seherstein richtig verwende?“

Thor schüttelte den Kopf. „Wir können jetzt keinen Seherstein mehr benutzen, um Kea zu beobachten. Wenn man einmal freiwillig die Vision einer Wetterzauberin betreten hat, hat diese immer die Macht, dich wieder an sich zu ziehen, sobald das Portal auf die gleiche Art geöffnet wird.“

Luna fühlte sich ganz elend. „Aber wenn wir die Steine nicht verwenden können, wie sollen wir denn dann herausfinden, wo sie Mistral gefangen hält?“ Darauf herrschte bedrückte Stille.

„Oh, Thor, es tut mir so unendlich leid“, stammelte Luna verzweifelt.

„Daran kann man nun nichts mehr ändern“, meinte der Hengst. „Wir müssen einen anderen Weg finden. Hat Kea dir irgendwelche Hinweise gegeben, wo sie den Fängerstein aufbewahrt?“

„Nein.“ Luna ging in Gedanken noch mal alles durch, was sie gesehen hatte. „Es wäre schon möglich, dass er in der Höhle ist, aber mir ist er nicht aufgefallen. Ich weiß nicht einmal, wo die Höhle liegt.“ Sie fühlte sich schrecklich. „Ich habe alles verdorben.“

Erin nahm ihre Hand. „Nein, das hast du nicht. Wir können vielleicht Kea nicht mehr mithilfe der Steine ausspionieren. Aber du wirst sehen, wir werden schon herauskriegen, wo sie den Fängerstein versteckt.“

Luna wünschte sich, sie besäße einen Teil von Erins Zuversicht. „Soll ... soll ich jetzt trotzdem anfangen, mit den Steinen zu üben?“, fragte sie Thor.

„Nicht heute Nacht“, entgegnete er. „Du hast einen ordentlichen Schrecken bekommen. Man sollte zur Arbeit mit den Steinen ruhig und konzentriert sein. Wir werden es morgen versuchen. Auch wenn du keine Sehersteine benutzen kannst, um Kea zu beobachten, musst du langsam lernen, deine Wetterzauberfähigkeiten einzusetzen. Wenn du nicht lernst, die Magie in deinem Innern zu kontrollieren, wird sie immer eine Gefahr für dich sein.“

Luna biss sich auf die Unterlippe. Sie hatte das Gefühl, Thor wirklich im Stich gelassen zu haben.

„Na, komm“, meinte Erin, als sie die niedergeschlagene Miene ihrer Freundin sah. „Fliegen wir nach Hause.“

„Tschüss, Thor“, murmelte Luna.

„Wenn ihr morgen kommt, bring einen Seherstein und einen Schutzstein mit. Das ist ein Stein mit zwei Löchern. Dann zeige ich dir, wie du deine Zauberkräfte einsetzt. Bring am besten Steine aus der Sammlung deiner Mutter.“

„Warum?“, wollte Luna wissen.

„Das erkläre ich dir morgen“, meinte Thor bloß.

Mit einem dicken Kloß im Hals stieß Luna sich vom Boden ab und flog hinter Erin her. Ihre Freundin drehte sich lächelnd zu ihr um. „Lass uns etwas Lustiges machen!“ Sie flog einen Salto und schlug Luna am Arm ab. „Du bist dran!“

Luna zögerte. Sie hatte wirklich keine große Lust, Fangen zu spielen, aber sie wusste, dass Erin sie aufheitern wollte. Also flog sie hinter ihrer Freundin her und schaffte es, Erin am Rücken zu erwischen. „Hab dich!“

Erin drehte sich lachend um und jagte Luna hinauf in Richtung Sterne.

„Regen, komm herbei!“, rief Luna. Eine Regenwolke tauchte aus dem Nichts auf und schüttete ihren nassen Inhalt über Erin aus. Sie quietschte erschrocken auf.

„Regen, hinfort!“, befahl Luna schnell, bevor ihre Freundin zu nass wurde.

„Das ist nicht fair“, japste Erin, während sie sich die Wassertropfen aus den Augen wischte. „Ich kann meine Zauberkräfte nicht verwenden, um dich beim Fangenspielen aufzuhalten. Schließlich wäre es viel zu gefährlich, dir einen Feuerball hinterherzuschleudern."

Erin war eine Sommerelfe. Das bedeutete, dass sie Dinge aufheizen konnte, bis sie in Flammen aufgingen. Außerdem konnte sie Feuerbälle werfen. Luna war eine Winterelfe. Sie konnte es regnen, hageln oder schneien lassen.

Luna seufzte. Erin sah sie mitfühlend an. „Ich weiß, diese Begegnung mit Kea muss schrecklich für dich gewesen sein. Aber morgen Nacht wirst du dich stärker fühlen. Dann wird Thor dir helfen, die Zaubersteine zu benutzen. Ich kann gar nicht fassen, dass ich nicht dabei sein werde."

Da fiel Luna wieder ein, dass Erin morgen für zwei Tage zu ihrer Patentante Xanthe und deren Tochter Alexa fahren würde. Die beiden waren ebenfalls Sternenstaub-Elfen.

„Ich wünschte, ich könnte mit dir kommen", seufzte Luna. Sie freute sich wirklich nicht auf morgen Nacht.

6

Als Luna am nächsten Tag im Stall ankam, grasten die Ponys friedlich auf der Weide. Nicht einmal ein Windhauch strich durch die Blätter der Bäume, und der Himmel war wieder wolkenlos. Die Luft schien so still zu stehen, dass es fast schon unheimlich war. Wenigstens ist kein Sturm mit Regen und Gewitter aufgezogen, dachte Luna. Doch sie konnte nichts gegen dieses leicht seltsame Gefühl in ihrem Bauch machen. Warum war es so friedlich? Kea hatte Mistral doch sicher inzwischen für ihre Zwecke genutzt. Sollte das Wetter dann nicht stürmisch werden?

Luna wünschte sich, Erin wäre hier, um darüber zu reden. Es war komisch, ohne sie im Reitstall zu sein. Fran und Katie flüsterten hinter ihrem Rücken und sahen dabei zu ihr herüber. Luna war sicher, dass sie darüber lästerten, wie Kestrel tags zuvor mit ihr durchgegangen war. Als Luna an den beiden vorbeiging und sie gerade die Wassereimer füllten, zielte Fran mit dem Schlauch absichtlich daneben. Wasser spritzte über Lunas Reithosen und T-Shirt. Als sie erschrocken zur Seite sprang, kam gerade Jackie aus einer Box.

„Ach, Luna. Ich dachte, alle Helfer könnten heute Nachmittag eine Runde ausreiten. Würdest du es gerne noch mal mit Kestrel versuchen?“

Luna hatte das Gefühl, als hätte sie den Bauch voller Eiswürfel. „Ähm …“ Sie merkte, dass Fran und Katie sie neugierig beobachten.

„Ich nehme ihn zuerst an die Longe, damit er sich austoben kann“, versicherte Jackie ihr. „Ich glaube nur, dass es gut für dich ist, wenn du ihn noch mal reitest.“

Bilder schossen an Lunas innerem Auge vorbei: wie Kestrel um die Ecke raste, die Gesichter der anderen Mädchen, das Gefühl, ihn nicht aufhalten zu können. „Ich … ich möchte lieber nicht!“

Jackie sah sie überrascht an. „Ich weiß, dass das gestern keine schöne Erfahrung war, aber ich glaube wirklich, dass du ihn noch mal reiten solltest."

„Nein, ich will nicht", beharrte Luna.

Jackie runzelte die Stirn. „Na gut, ich werde dich nicht überreden. Du kannst heute eines der anderen Ponys nehmen. Aber ich möchte wirklich, dass du ihn bald noch mal reitest. In Ordnung?"

„Okay", stammelte Luna.

Fran und Katie kicherten. Luna machte sich schnell aus dem Staub. Sie hatte nasse Füße und

ihr Gesicht brannte. Ach, Erin, dachte sie unglücklich. Ich wünschte, du wärst hier.

Als Luna in dieser Nacht im Wald ankam, lief Thor bereits unruhig auf der Lichtung auf und ab. „Der Himmel ist sehr klar“, meinte er mit einem Blick nach oben.

„Ja, das stimmt. Ich dachte, jetzt wo Kea Mistral in ihrer Gewalt hat, würde das Wetter schlecht werden.“

„Ich kann mir nur vorstellen, dass Mistral Keas Versuchen widersteht, ihm ihren Willen aufzuzwingen“, sagte Thor. „Aber er ist noch so jung. Er ist eigentlich noch nicht in der Lage, sich einer dunklen Elfe mit solchen Zauberkräften zu widersetzen. Ich weiß nicht, was da los ist.“ Besorgt scharrte er mit dem Huf am Boden. „Wir müssen ihn befreien! Hast du die Steine mitgebracht?“

Luna nahm die beiden grauen Steine aus der Tasche ihres Kleides und streckte sie Thor hin. Der Hengst sah sie sich genauer an. „Ein Schutzstein.“

Er berührte den Stein mit den beiden Löchern vorsichtig mit dem Maul. „Und ein Seherstein. Gut."

Luna schluckte. Nach ihrer Erfahrung der letzten Nacht war sie nicht sonderlich begierig, wieder einen Seherstein zu benutzen.

„Wir fangen mit dem Schutzstein an", hörte sie Thor zu ihrer großen Erleichterung sagen. „War das einer der Steine deiner Mutter?"

Luna nickte. „Warum wolltest du unbedingt, dass ich einen von ihren mitbringe?"

„In der Wettermagie sind die Familienbande ausgesprochen wichtig", erklärte Thor. „Wenn deine Mutter Schutzzauber mit diesem Stein gemacht hat, dann hat er einen Teil ihrer Magie in sich aufgenommen. Und wenn du diese mit deinen eigenen Zauberkräften kombinierst, dann wird er noch mächtiger."

„Ich verstehe." Luna starrte den Stein an. „Gibt es also viele verschiedene Arten von Zaubersteinen?"

Thor nickte. „Und jede Sorte trägt eine besondere Art von Magie in sich. Du musst lernen, diese Magie mit deinen Wetterzauberkräften freizusetzen und zu nutzen. Es gibt Sehersteine und Schutzsteine. Steine, mit denen du Wunden heilen, Gedanken lesen und magische Verkleidungen herbeizaubern kannst. Du musst lernen, sie alle zu gebrauchen."

„Und Fängersteine?", fragte Luna.

Thor warf ihr einen kühlen Blick zu. „Nur dunkle Elfen benutzen Fängersteine."

Luna wurde rot. Sie fühlte sich zurechtgewiesen. „Tut mir leid", murmelte sie.

„Lass uns anfangen", sagte Thor. „Jeder Zauberstein trägt Macht in sich. Als Wetterzauberin hast du die Fähigkeit, diese Macht freizusetzen. Um das zu tun, musst du deine Sternenstaub-Energie aus dir in den Stein hineinfließen lassen. Dann bündelst du die Energie im Stein so, dass sie das tut, was du willst."

Luna war sich nicht so ganz sicher, was er damit meinte. Aber sie traute sich nicht, das laut zu sagen.

„Die Art, wie du dir die Macht eines Steines

zu eigen machst, ist immer die gleiche, egal, um welche Sorte Zauberstein es sich handelt", fuhr Thor fort. „Halte den Stein mit beiden Händen fest. Stell dir vor, dass du dich ganz in den Stein versenkst. Dann wirst du spüren, wie die Magie durch deine Finger in den Stein fließt. Die Magie setzt dann die Kräfte im Stein frei. Du musst dich als Nächstes ganz fest darauf konzentrieren, was du von dem Stein willst." Er stupste sie mit seinem Maul an. „Probier es aus."

Luna hielt den Stein in den Händen und sah auf ihn hinab. Er war hellgrau. An manchen Stellen waren kleine Stücke abgesprungen. Dort konnte man das dunklere Grau der darunterliegenden Schichten erkennen. Die beiden Löcher in der Mitte waren voller dunkler Schatten. Luna schaute sie sich unverwandt an, bis ein seltsames Gefühl sie überkam. Es war fast so, als würde sie sich auflösen und in den Stein hineinsinken. Ein Kribbeln breitete sich in ihrem Körper aus.

„Konzentrier dich auf das, was du willst", erklang Thors Stimme leise im Hintergrund.

Luna stellte sich einen unsichtbaren Schutzschild um sich herum vor. Sie stellte sich vor, wie Steine auf sie zuflogen, aber daran abprallten und ihr nichts anhaben konnten. Sie stellte sich vor, wie Kea versuchte, sie in ihren Bann zu bekommen, aber dass ihre Zauber abprallten wie die Steine. Plötzlich wurde der Stein in ihrer Hand kalt.

„Der Stein!", sagte sie. „Er ist auf einmal ganz kalt!"

„Das bedeutet, dass die Magie wirkt", erklärte Thor. Er stellte sich auf die Hinterbeine und schlug mit den Vorderhufen nach einem über Luna hängenden Ast. Der Ast brach ab und fiel direkt auf sie herunter. Luna schrie erschrocken auf und duckte sich. Doch kurz bevor der Ast sie erwischte, schien er abzuprallen und ließ sie unversehrt.

„Gut“, lobte Thor. „Du hast den Zauber des Schutzsteins sehr gut eingesetzt.“

Luna war erleichtert zu hören, dass sie etwas richtig gemacht hatte. Außerdem war sie selbst erstaunt über das, was sie gerade getan hatte. „Heißt das, ich bin sicher, solange ich den Stein bei mir trage?“, wollte sie wissen.

„Der Schutzzauber wird schwächer werden“, sagte Thor. „Du musst ihn immer wieder erneuern. Wie lange er anhält, hängt von der Stärke deiner Zauberkräfte ab. Und du musst trotzdem vorsichtig sein.“ Es schien, als hätte er ihre Gedanken gelesen. Luna hatte sich gerade überlegt, wie toll es wäre, immer zu wissen, dass einem nichts und niemand etwas anhaben konnte. „Du wirst eine bestimmte Menge Schutz haben. Doch die wird nicht ausreichen, um dich vor der Kraft einer solch mächtigen dunklen Elfe wie Kea zu bewahren. Eines Tages wirst du mit viel Übung in der Lage sein, dich gegen eine Elfe wie sie zu schützen. Aber fürs Erste wird ein Zauberstein dir einfach helfen, wenn er dich auch nicht komplett beschützt.“

Lunas freudige Aufregung ließ ein wenig nach.

„Jetzt lass uns ausprobieren, ob du einen Seherstein verwenden kannst. Das funktioniert auf genau dieselbe Weise. Lass deine Magie in den Stein fließen und versuche, jemanden oder etwas zu sehen."

Luna nahm den Seherstein zögerlich in die Hand. Sie merkte, dass sie Angst hatte. Kea kreiste ständig in ihren Gedanken. Was, wenn Luna sie sah? Was, wenn sie eine weitere Pforte öffnete?

Vielleicht sollte sie versuchen, Erin zu sehen. Genau. Luna konzentrierte ihre Gedanken auf ihre Freundin. Denk an Erin, befahl sie sich selbst. Doch als sie das Kribbeln in ihren Fingerspitzen spürte, erschien plötzlich ein Bild von Kea in ihrem Kopf. Luna fühlte Panik in sich aufsteigen. Sie ließ den Stein sinken.

„Was ist los?", wollte Thor wissen.

„N... nichts", stotterte Luna. „Ich versuche es noch mal."

Nun komm schon, beruhigte sie sich selbst. Du schaffst das.

„Du hast es bereits einmal getan“, erinnerte Thor sie. „Auch wenn du es da nicht vorhattest. Lass einfach deine Magie fließen.“

Doch jedes Mal, wenn die Magie durch Luna hindurchströmte, musste sie an Kea denken.

„Ich kann das nicht!“, rief sie schließlich. „Ich kann es einfach nicht!“

Ein Gefühl der Erleichterung machte sich in ihrem tiefsten Innern breit. Schnell unterdrückte sie es. Sie konnte nicht kneifen. Sie musste lernen, die Sehersteine zu benutzen.

Thor seufzte schwer. „Wir können es morgen noch einmal probieren. Du hast gelernt, den Schutzstein zu verwenden. Du wirst das Gleiche mit den Sehersteinen lernen. Es ist derselbe Vorgang.“

Luna sah die Enttäuschung in seinen Augen und hatte das Gefühl, ihn wirklich im Stich zu lassen. „Morgen schaffe ich es“, versprach sie ihm. „Ich bin ganz sicher.“

Thor nickte. „Geh jetzt nach Hause“, sagte er. „Es ist schon spät.“

„In Ordnung. Bis morgen.“ Als Luna aus dem Wald hinausflog, war sie ziemlich aufgewühlt. Sie empfand Ärger über sich selbst, Sorge und auch Erleichterung, dass sie nicht in eine Vision hatte schauen müssen.

Aber du hast keine andere Wahl, sagte sie sich selbst, denn ihr fiel wieder ein, was Thor gesagt hatte: Sie würde sich in eine Vision mit einem Seherstein hineinwagen müssen, wenn sie den Fängerstein zerstören wollte. Sonst würden sie Mistral nie befreien.

Sie rieb sich die Stirn. Doch dazu mussten sie den Fängerstein erst einmal finden. Sie hatten immer noch keine Ahnung, wo Kea ihn versteckte, ganz zu schweigen davon, wie sie ihn ihr entwenden sollten.

Was, wenn wir Mistral nicht retten können? Luna schob den Gedanken ganz schnell beiseite. Natürlich würden sie ihn befreien! Sie mussten es einfach schaffen!

7

Am nächsten Tag kam Erin um die Mittagszeit am Reitstall an. „Ich hatte eine phantastische Nacht“, flüsterte sie Luna zu. „Und du?“

„War nicht so toll“, gab Luna zu. „Ich konnte den Seherstein nicht benutzen. Außerdem ist uns immer noch keine Möglichkeit eingefallen, den Fängerstein zu finden. Und was habt ihr angestellt?“

„Ich kann es gar nicht abwarten, dir alles zu erzählen. Ich habe gelernt, wie man …“ Erin brach ab, als Jackie in ihre Nähe kam. „Ich erzähle es dir heute Nacht“, meinte sie rasch. „Triff mich am Strand, sobald du kannst.“

Luna nickte und fragte sich, was Erin wohl gelernt hatte.

Doch die beiden hatten den restlichen Tag keine Gelegenheit, sich über Sternenstaub-Dinge zu unterhalten. Es waren immer zu viele Leute in der

Nähe, und Jackie teilte sie zum Sattelzeugputzen ein. Anschließend mussten die Winterdecken ausgelüftet werden. Es blieb ihnen nicht mal mehr genug Zeit zum Reiten, aber ausnahmsweise machte das Luna gar nichts aus. So musste sie sich schon keine Ausrede einfallen lassen, warum sie Kestrel nicht reiten konnte.

Obwohl sie sich nicht gerade darauf freute, ihre Versuche mit den Sehersteinen in der Nacht wieder aufzunehmen, beeilte sie sich, abends an den Strand zu kommen. Als Luna über die Klippenkante hinunterflog, sah sie Erin bereits auf einem Stein dort sitzen. Erins Augen waren auf den Kies vor ihr gerichtet. Dort brannte fröhlich ein kleines Feuer. Luna sah zu, wie Erin die rechte Hand hob und damit einen Kreis in die Luft malte. Die Flammen des Feuers formten ebenfalls einen Kreis, bis sie einen Feuerball bildeten.

„Oh, wow!“, staunte Luna.

Erin zuckte zusammen. Sofort sanken die Flammen wieder nach unten.

„Das war genial!“, meinte Luna.

Erin wirkte zufrieden. „Ich kann es noch nicht richtig gut. Alexa und ihre Freundinnen können viele verschiedene Formen machen. Sie haben es mir gestern gezeigt. Alexa hat den Wind in eine Windhose verwandelt. Lucy und Robyn, Alexas Freundinnen, haben Feuerbälle in Säulen und Pyramiden verwandelt. Ich kriege bisher nur den Ball hin, aber ich werde so lange üben, bis ich die anderen Formen auch kann."

„Was musst du dazu tun?", fragte Luna.

„Du musst dir nur vorstellen, wie das Feuer eine andere Form annimmt. Und dann zeichnest du diese Form mit der Hand in die Luft. Alle Sternenstaub-Elfen können das mit ihren Zauberkräften."

„Ich werde es mal mit Wasser versuchen", meinte Luna. Sie zeigte auf den Himmel. „Regen, komm herbei!" Sofort bildete sich eine kleine Regenwolke, aus der Wassertropfen fielen. Erin quietschte, als einige auf ihrer Haut landeten. Schnell dirigierte Luna die Wolke ein bisschen zur Seite. Sie stellte sich vor, wie das Wasser in einem Kreis floss, statt von oben nach unten zu fallen.

Dann malte sie einen Kreis in die Luft, wie sie es bei Erin gesehen hatte.

Es funktionierte! Der Regen beschrieb einen Bogen, bevor er die Erde berührte, und schließlich einen Kreis. Er bildete einen Wasserball in der Luft.

„Cool!", rief Erin.

Magie schien vom Wasserball abzuperlen, sodass er regenbogenfarbene Tropfen sprühte. Luna lachte glücklich. „Das macht Spaß!"

Sie ließ den Ball größer werden. Dabei wurde er in der Mitte dünner und immer durchsichtiger. Er

sieht fast aus wie ein Zauberstein, dachte Luna. Vielleicht kann ich ihm die Form eines Zaubersteins geben? Sie konzentrierte sich fest und stellte sich einen Wasserball in der Luft mit einem Loch in der Mitte vor. Langsam bewegte sich das Wasser zur Seite, bis es die Gestalt eines Zaubersteins hatte.

„Hey, das sieht toll aus!“, staunte Erin.

Luna spürte, wie ihre Fingerspitzen zu kribbeln anfingen. Genau so, als ob sie einen echten Zauberstein in der Hand hätte. Sie spürte, wie das Loch sie magisch anzog.

„Es fühlt sich an wie Magie“, flüsterte sie.

„Natürlich ist es Magie!“ Erin grinste.

„Nein, nicht normale Magie“, versuchte Luna zu erklären. „Wetterzaubermagie.“

Als ihre Konzentration nachließ, löste sich der Zauberstein aus Wasser auf, und die Tropfen fielen wieder als Regen zu Boden.

„Regen, hinfort!“, befahl Luna, und der Regen hörte auf.

„Ich versuche es noch mal“, verkündete Erin.

Sie übten noch eine halbe Stunde, bis sie beide recht flink waren. Dann machten sie sich auf den Weg zu Thor.

Er wartete bereits auf sie. Aufmerksam hörte er zu, als sie ihm erzählten, was sie gerade geübt hatten.

„Zeigt es mir."

Luna musste er nicht zweimal bitten. Diese Art der Zauberei machte Spaß. Sie zauberte eine Regenwolke herbei, und als der Regen fiel, stellte sie sich wie am Strand eine Zaubersteinform vor.

Das Wasser wirbelte im Kreis. Luna konnte den dunklen Himmel durch das Loch in der Mitte sehen. Das Wasser schien voller Farben zu sein. Blau, dann grün, dann lila. Luna spürte, wie ihre Hände zu kribbeln anfingen. Die Dunkelheit im Zauberloch wuchs.

„Ein Zauberstein aus Wasser", hauchte Thor. „Oh, Luna, das ist genau das, was wir brauchen!"

„Wie meinst du das?", hörte Luna Erin fragen.

„So können wir Kea ohne Gefahr beobachten!" Thors Augen blitzten aufgeregt.

Luna war so überrascht, dass sie sich umdrehte. Der Zauberstein aus Wasser löste sich sofort auf. „Was?“ Schnell wich sie den Regentropfen aus, die auf dem Boden neben ihr aufklatschten.

„Du hast es geschafft! Du hast einen Weg entdeckt, meinen Sohn zu finden!“

Luna sah ihn verwundert an. „Aber wie?“

Thor schnaubte ihr liebevoll in die Haare. „Du kannst deine Wetterzauberkräfte dazu verwenden, ganz gefahrlos durch einen Seherstein aus Wasser zu schauen. Die dunkle Elfe wird dich nicht bemerken oder dir etwas anhaben können, weil du sie durch ein anderes Element als zuvor beobachtest. Oh, du schlaue Wetterzauberin! Ich hätte selber darauf kommen können.“

Erin runzelte die Stirn. „Moment mal, ich verstehe gar nichts. Verwenden Wetterzauberer nicht die Kraft in den Steinen? Das hier ist aber kein Stein, es ist bloß Wasser.“

„Und deshalb ist es die reinste und mächtigste Magie. Wasser ist das magischste Element überhaupt“, erklärte Thor. „Es schafft Zaubersteine.

Alle Zaubersteine beginnen als normale Steine. Doch während das Wasser sie umspült, entstehen die Löcher in der Mitte. Erst durch das Wasser erhalten sie überhaupt ihre magischen Kräfte. Ein Zauberstein aus Wasser ist die stärkste Magie überhaupt."

„Also muss ich nur einen Zauberstein aus Wasser machen und ihn als Seherstein verwenden?", fragte Luna. „Und dann kann ich Kea beobachten, ohne dass sie mich sehen kann?"

Thor nickte. „Die dunkle Elfe wird dich nicht bemerken, weil du ein anderes Element als zuvor verwendest."

Luna holte tief Luft. „Dann mach ich das jetzt." Sie sah die Regenwolke an und stellte sich vor, wie der Regen sich wieder in einen Zauberstein verwandelte.

„Denk daran, deine Magie zu bündeln", erinnerte Thor. „Konzentrier dich ganz auf das, was du sehen willst."

Luna nickte und starrte das Loch in ihrem Wasserzauberstein an. Was wollte sie sehen?

Den Fängerstein mit Mistral …

Die Welt schien vor ihren Augen zu verschwimmen. Magie schoss durch ihren Körper, während die dunklen Schatten in der Mitte des Wasserzaubersteins zu wachsen schienen. Dunkelheit umfing Luna. Der Fängerstein, der Fängerstein, dachte sie immer wieder.

Zuerst konnte sie nichts erkennen. Doch dann wurde es langsam heller, als würde sich ein Vorhang zur Seite schieben. Dahinter kam ein Bild zum Vorschein. Es war eine Höhle. Luna ging auf das Bild zu, und plötzlich war sie ein Teil davon. Sie war in der Höhle. Aber es fühlte sich anders an als beim letzten Mal, als sie den Eindruck hatte, wirklich dort zu sein. Dieses Mal schien sie körperlos zu schweben. Auf dem Boden war mit Kreide ein Kreis gemalt. Ringsherum gab es Felsvorsprünge, auf denen weiße Kerzen standen. Doch keine von ihnen brannte. Luna konnte die Wellen auf dem Kies draußen vor der Höhle hören. Die Höhle musste in der Nähe des Strandes liegen. Sie schwebte zum Höhleneingang hinüber. Er lag nicht auf gleicher Höhe mit dem Strand, sondern hoch oben in einer Felswand. Doch in der Ferne konnte sie die Schatten dreier Felsen erkennen.

„Das Ende der Welt"! Plötzlich war dieser Gedanke in Lunas Kopf. Es ist eine Höhle in der Nähe vom „Ende der Welt"!

Sie sah sich wieder in der Höhle um. Es war dunkel und still. Luna fröstelte. Wo war der Fängerstein? Er musste hier irgendwo sein, wenn die Vision sie an diesen Ort führte. Lunas Blick fiel auf eine Felsnische hinten in der Höhle. Es lagen einige Gegenstände darin. Luna schaute sie sich näher an.

Sie erkannte eine silberne Wasserschale, eine Kerze, ein Glas mit Erde und eine leere Flasche. Und noch etwas. Ein Stück Papier, auf dem etwas geschrieben stand. Luna versuchte, es in die Hand zu nehmen, aber ihre Finger griffen direkt hindurch. Sie konnte nichts anfassen

und nichts bewegen. Sie konnte nur schauen. Also las sie die ersten beiden Zeilen auf dem Papier:

Wenn die Dunkle zurückkehrt,
wird sich das Tor ein weiteres Mal öffnen

Es war die Prophezeiung! Die gleiche, die sich in der Kiste ihrer Mutter befand. Und die gleiche, die Kea vorgetragen hatte, als sie Mistral einfing. Doch auf diesem Papier schien noch mehr zu stehen. Noch zwei Verse. Luna wollte gerade weiterlesen, als ein Geräusch sie zusammenzucken ließ. Entsetzt hielt sie den Atem an. Dort im Höhleneingang stand Kea!

8

Eine Sekunde lang hatte Luna das Gefühl, als hätte jemand einen Eimer kaltes Wasser über ihr ausgekippt. Doch dann sah sie, dass Kea sich in der Höhle umschaute. Offensichtlich konnte sie Luna nicht sehen!

Kea zog einen glänzenden kleinen Ball aus der Tasche ihres schwarzen Umhangs und hielt ihn in den Raum. Sofort flackerten die Kerzen auf. Schatten tanzten an den Höhlenwänden.

Ihr langes blaues Kleid raschelte, als Kea in den hinteren Teil der Höhle kam. Luna verdrückte sich schnell nach rechts. „Drei Tage von sechs", murmelte die dunkle Elfe. „Nur noch drei weitere, dann wird der vierte Stein zum Vorschein kommen!" Sie griff in die Felsnische und holte aus dem hintersten Winkel einen Zauberstein.

Luna starrte ihn gebannt an. Der Fängerstein!

„Luna!“, rief Erin, als Luna die Augen aufschlug. „Geht es dir gut?“

Luna nickte. Einen Moment lang konnte sie nicht sprechen. Es war seltsam, an einem Ort zu sein und alles so genau sehen zu können, und dann plötzlich an einem ganz anderen Ort zu sich zu kommen. „Alles in Ordnung“, brachte sie heraus. Sie setzte sich auf. Der Zauberstein aus Wasser hatte sich in Regen verwandelt. „Regen, hinfort!“, krächzte sie. Sofort verschwand die Wolke.

„Das war schrecklich. Eben hast du noch dagestanden und den Zauberstein angestarrt, und dann bist du plötzlich auf den Boden gesunken“, berichtete Erin. „Thor meinte, das sei schon in Ordnung, du wärst in einer Vision. Aber du hast einfach nur dagelegen. Das Wasser hatte die ganze Zeit die Form des Zaubersteins. Bis du deine Augen geöffnet hast. Dann hat es sich in Regen verwandelt. Ist wirklich alles in Ordnung mit dir?“

Luna nickte.

„Der Fängerstein“, drängte Thor und trat einen Schritt vor. „Weißt du, wo sie ihn versteckt hat?“

„Ja.“ Luna holte tief Luft. „Er ist in einer Höhle in der Nähe vom ‚Ende der Welt‘. Ich habe ihn gesehen, und ich habe gesehen, wie Kea ihn benutzt hat.“

„Du hast die dunkle Elfe gesehen?“, hauchte Thor. „Und Mistral?“

„Ja, ich habe zugesehen, wie sie den Fängerstein verwendet.“ Luna schüttelte den Kopf, um die Bilder des erschöpften, verwirrten Hengstfohlens im Kreidekreis abzuschütteln. „Wir müssen ihn retten, Thor, so schnell wie möglich.“

„Na, jetzt, wo wir wissen, wo die Höhle ist, können wir ja hinfliegen“, meinte Erin. „Dann zerbrichst du den Fängerzauber, und wir befreien Mistral.“

Luna schluckte. Sie wusste, dass sie genau das tun musste. Aber sie war so erschöpft von dem, was sie diese Nacht bereits erlebt hatte. Ihr fiel das unheimliche Gefühl in der Höhle wieder ein und die Macht, die Kea auszuströmen schien. Sie blickte nachdenklich in den dunklen Nachthimmel. Eine Eule flog aus den Zweigen auf und

flatterte mit gurrenden Rufen davon.

Thor pustete Luna sanft ins Gesicht. „Das hast du toll gemacht“, lobte er sie. „Hat die dunkle Elfe etwas gesagt? Hast du sehen können, was sie vorhat?“

„Ja, aber ich verstehe es nicht. Es kam mir so vor, als wollte sie alle Wolken vom Himmel vertreiben.“ Luna beschrieb, was geschehen war, und bemühte sich, keine Einzelheit auszulassen. „Er ist immer innen im Kreis herumgegangen, als würde er ihn bewachen“, berichtete sie. „Und dann sagte Kea etwas vom vierten Tag.“

„Tag vier!“ Thor stampfte mit dem Huf auf. „*Das* also hat sie vor!“

„Was meinst du damit?“, fragte Luna.

„Ich hätte es wissen müssen“, antwortete Thor. „Der wolkenlose Himmel. Die Tatsache, dass Mistral einer Elfe mit ihrer Macht kaum standhalten kann. Ich hätte begreifen müssen, dass Kea versucht, den vierten Stein zu enthüllen.“

Luna riss die Augen auf. „Das ist genau das, was sie gesagt hat! Sie sagte …“ Luna zögerte, während sie sich bemühte, sich genau zu erinnern. „Drei Tage von sechs, nur noch drei mehr, dann zeigt sich der vierte Stein.“

„Was ist denn der vierte Stein?“, schaltete sich Erin ein. „Und wozu braucht sie ihn?“

„Es gibt einen vierten Felsen am ‚Ende der Welt‘“, erklärte Thor. „Das ist kein echter Stein, genau wie der Zauberstein aus Wasser kein echter Stein ist. Er sieht aus wie ein riesiger Zauberstein, aber auch er besteht aus Wasser. Er ist verborgen und zeigt sich nur nach sechs Tagen Windstille und wolkenlosem Himmel.“

Plötzlich erinnerte sich Luna daran, wo sie die Worte „vierter Stein“ schon mal gehört hatte: „Tante Alice hat mir erzählt, dass das ‚Ende der Welt‘ früher ‚Vier Felsen‘ genannt wurde. Ist das der Grund?“

Thor nickte. „Der vierte Stein ist der mächtigste Zauberstein. Folgendes steht in den Sternen geschrieben: Wenn eine Wetterzauberin einen mit ihren Haaren umwickelten Zauberstein durch das Loch des vierten Felsens schiebt, dann wird sie die Macht bekommen, die Wolkenpferde ganz und gar zu kontrollieren.“

„Also hat sie gar nicht vor, Mistral für immer zu benutzen“, meinte Erin. „Sie braucht ihn nur sechs Tage lang, bis dieser verborgene Zauberstein sich zeigt.“

„Aber wir können nicht zulassen, dass sie vollkommene Macht über das Wetter bekommt!“, rief Luna. „Wenn der vierte Tag jetzt begonnen hat, haben wir nur noch zwei Tage, um sie aufzuhalten!“

„Wir dürfen keine Zeit verlieren“, stimmte Thor ihr zu.

„Zumindest wissen wir jetzt, wo sie den Fängerstein aufbewahrt“, sagte Erin. „Wir können hinfliegen, warten, bis sie weg ist, und ihn einfach mitnehmen. Dann kannst du den Zauber ausüben, der Mistral befreit, Luna.“

„Aber was, wenn ich es nicht schaffe?“ Luna fühlte Panik in sich aufsteigen. „Mir ist es immer noch nicht gelungen, einen Seherstein zu benutzen."

„Ich hatte gehofft, wir hätten etwas mehr Zeit, damit du deine Fähigkeiten trainieren kannst", sagte Thor. „Aber die haben wir nicht. Du wirst es einfach versuchen müssen. Niemand sonst kann diesen Zauber vollbringen. Niemand außer dir."

Luna nickte. „Was habe ich zu tun?"

„Du musst deine Sternenstaub-Kraft und deine Wetterzauber-Magie vereinen", erklärte ihr Thor. „Dann musst du mithilfe eines Sehersteins eine Vision heraufbeschwören. Du musst dich in die Vision begeben und es mit deinen Sternenstaub-Zauberkräften regnen lassen. Das Wasser aus dem Himmel muss durch das Loch in der Mitte des Fängersteines fließen. Wenn dir das gelingt, wird der Stein zerbrechen. Wasser hat den Fängerstein geschaffen, und Wasser kann ihn wieder zerstören."

Luna atmete tief durch. „Aber was, wenn ich den Seherstein nicht benutzen kann?"

Thor sah ihr in die Augen. „Es gibt keine andere Möglichkeit, einen Zauberstein zu zerbrechen.

Wenn du den Seherstein nicht benutzen kannst, wird Mistral für immer gefangen bleiben." Luna lief es kalt den Rücken runter.

„Du wirst es schaffen", versicherte Erin ihr. „Warum versuchst du es nicht gleich noch mal?"

Luna wollte nicht, aber Thor stupste sie aufmunternd an. „Ja, wir sollten die Zeit nutzen, die wir haben. Versuche es."

Widerwillig nahm Luna einen Seherstein aus ihrer Tasche. Sie hielt ihn in den Händen. Doch wie sie so auf seine dunkle Mitte starrte, hatte sie sofort ein lebendiges Bild von Kea vor Augen. Was, wenn Kea irgendwie merkte, dass sie einen Seherstein verwendete? Was, wenn die dunkle Elfe selbst das Gleiche tat und Luna in ihre Vision ziehen konnte? Was, wenn sie dieses Mal nicht entkam?

Ihre Finger begannen zu kribbeln, und um sie herum verschwamm die Welt. Das Loch im Stein schien zu wachsen.

Nein! Luna schreckte zurück.

„Was ist los?", wollte Erin wissen.

„Ich kann es einfach nicht“, stammelte Luna.

Thor blies ihr sanft in die Haare. „Du kannst es. Bitte, Luna. Versuch es noch mal.“

Luna fühlte sich schrecklich. „Na gut.“ Aber so. oft sie es auch probierte, es gelang ihr nicht. Es war, als wäre da eine unsichtbare Schranke. Als würde etwas sie aufhalten. Jedes Mal, wenn sie spürte, wie sie fiel, schien ihr Geist sie zu warnen und zurückzuhalten.

„Vielleicht hat Kea sie ja verzaubert“, meinte Erin, als Luna versuchte zu erklären, wie sie sich fühlte.

„Oder vielleicht ist die Blockade auch in deinem Kopf“, sagte Thor leise. „Magie wird nur geschehen, wenn du es selbst wirklich willst.“ Luna schlug verzweifelt die Hände vors Gesicht. Thor schnaubte ihr tröstend in die Haare. „So kommen wir nicht weiter.“ Er sah hinauf in

den Himmel. „Es dämmert bereits. Morgen gehen wir zu dieser Höhle. Hoffentlich wird die dunkle Elfe nicht dort sein. Aber selbst wenn – wir haben keine Zeit zu verlieren. Dann werde ich sie ablenken, damit ihr in die Höhle fliegen und den Stein an euch nehmen könnt."

„Ist gut. Bis morgen, Thor." Erin flog los.

Thor sah Luna an. „Tschüss, Thor." Sie zwang sich zu einem Lächeln.

Doch als sie Erin folgte, erlosch das Lächeln auf ihrem Gesicht. Es blieben ihnen nur noch zwei Tage, um Kea aufzuhalten. Und das gelang ihnen nur, wenn sie an den Fängerstein kamen und Luna den Zauber vollbrachte. Was, wenn sie es nicht schaffte und Kea bekam, was sie wollte? Dann wäre alles Lunas Schuld.

Oh, warum gelingt es mir bloß nicht, den Seherstein zu verwenden?, dachte sie verzweifelt.

Erin sah Luna an. „Du wirst sehen, es wird schon alles gut gehen", tröstete sie ihre Freundin.

Luna schluckte. Sie hoffte so sehr, dass Erin recht hatte.

9

„Und, was hast du heute vor?“, fragte Jo fröhlich, als Luna am nächsten Morgen auf den Beifahrersitz schlüpfte.

„Nicht viel.“ Luna seufzte. Sie dachte an den Tag, der vor ihr lag. Garantiert würden Fran und Katie sie wie üblich hänseln. An den Abend wollte sie noch gar nicht denken.

Sie fuhren zum Reitstall. „Hast du dieses neue Pony denn jetzt schon mal geritten?“, erkundigte sich Jo. „Das, von dem du mir erzählt hast?“

Luna zögerte. „Gewissermaßen.“

Jo zog eine Augenbraue hoch. „Gewissermaßen?“

„Ich habe ihn neulich geritten.“ Plötzlich purzelten die Worte nur so aus Luna heraus: „Es war schrecklich. Er ist mir einfach davongaloppiert. Ich konnte ihn nur mit Mühe wieder unter Kontrolle kriegen. Jackie sagt, ich soll ihn bald wieder reiten, aber ich will nicht." Sie warf ihrer Stiefmutter einen unsicheren Blick zu. Konnte Jo sie überhaupt verstehen?

Zu Lunas großer Erleichterung schaute Jo sie mitfühlend an. „Das muss hart sein. Bestimmt kannst du dir auch entsprechende Kommentare anhören, oder?"

Luna nickte und schluckte. „Ja, das kommt noch dazu. Ich ... ich wünschte, ich wäre mutiger. Mehr wie Erin. Sie scheint nie vor etwas Angst zu haben."

Jo sah sie aufmerksam an. „Mut hat nichts damit zu tun, ob man Angst hat. Mutig bist du, wenn du etwas tust, obwohl du Angst hast."

Luna runzelte die Stirn. Das stimmte, so hatte sie es noch gar nicht gesehen. Aber das half ihr auch nicht weiter. Sie hatte einfach zu viel Angst, Kestrel noch einmal zu reiten.

„Weißt du, manchmal beim Surfen möchte ich etwas ausprobieren. Aber dann habe ich Angst, weil es neu und schwierig ist", fuhr Jo fort. „Aber

wenn ich es trotzdem versuche, fühle ich mich hinterher immer richtig gut. Selbst wenn es total in die Hose geht, selbst wenn ich herunterfalle und dabei richtig blöd aussehe und dein Vater und die Jungs lachen. Dann geht's mir trotzdem besser, weil ich weiß, dass ich es wenigstens versucht habe. Vielleicht solltest du Kestrel wirklich noch mal reiten? Selbst wenn er wieder mit dir durchgeht. Zumindest weißt du dann, dass du mutig genug warst, es ein zweites Mal zu probieren."

„Vielleicht", murmelte Luna.

Jo drückte ihr den Arm. „Glaub mir, es ist immer besser, etwas gegen seine Angst zu tun. Dann hat sie weniger Macht über dich."

Luna entgegnete nichts darauf, und den Rest der Fahrt schwiegen sie.

„Ich hoffe, du hast einen schönen Tag", meinte Jo, als sie am Reitstall ankamen.

„Danke." Luna seufzte und stieg aus.

„Du reitest also heute Kestrel, oder?", meinte Fran grinsend, als Luna zwei Putzkisten aus der Sattelkammer holte. Katie kicherte. „Oder hast du etwa Angst?"

Luna ging schnell wieder nach draußen. Erin wartete draußen am Wassertrog auf sie. „Jackie hat gesagt, wir sollen Kestrel und Tango von der unteren Weide holen, bevor wir mit Putzen anfangen. Sie hat uns erlaubt, ohne Sattel von der Weide zum Stall reiten." Sie sah Lunas Gesichtsausdruck. „Keine Sorge, ich reite Kestrel. Du kannst Tango nehmen. Aber ich verstehe nicht, warum du wegen Kestrel immer noch so komisch bist. Seit dem Tag, an dem du ihn geritten hast, ist er ganz ruhig."

Luna fühlte sich hundeelend. Jetzt fand sogar

schon Erin ihr Verhalten lächerlich. Na toll, dachte sie unglücklich. Das wird immer besser.

Sie holten sich ihre Reithelme und spazierten zur unteren Weide. Die lag am weitesten weg vom Reiterhof.

„Du könntest Kestrel ja zumindest einfangen", schlug Erin vor, als sie das Gatter erreichten. „Ich reite ihn dann zurück, aber du kannst ihn von der Weide führen."

„Na gut", willigte Luna ein. Kestrel zu führen machte ihr auch nichts aus. Nur der Gedanke, ihn zu reiten, verursachte ihr ein flaues Gefühl im Magen. Sie hatte noch ein paar Leckerli in der Tasche, und damit ließ er sich leicht einfangen. Sie zäumte ihn auf, führte ihn über die Wiese und durchs Gatter.

Tango war ganz unten auf der Weide. Erin schwang sich auf seinen Rücken und trabte auf dem dicken, rotbraunen Pony über die Wiese. „Das ist klasse!", rief sie.

Luna hatte das Gatter nicht verriegelt, sodass Erin sich herunterbeugen und es öffnen konnte.

Leider hatte sie dem Tor einen zu starken Stoß gegeben. Es schwang zurück, gerade als sie mit Tango durchreiten wollte.

„Pass auf!“, rief Luna.

Erin merkte, dass sie gleich eingeklemmt würden, und drückte Tango die Fersen in die Flanken. Doch es war zu spät. Die Kante des Gatters traf Tango. Erschrocken machte das Pony einen Satz nach vorn. Erin verlor das Gleichgewicht und fiel herunter. Tango kam auf Luna zu gestürmt.

„Halt ihn fest, Luna!“, rief Erin.

Luna versuchte, nach Tangos Zügeln zu greifen, doch er wich aus und galoppierte den Weg hinunter.

„Er läuft auf die Straße!“, rief Erin voller Panik.

Luna zögerte nur für den Bruchteil einer Sekunde. Tango war zwar langsamer geworden, aber er trabte immer noch auf die Straße zu. Sie musste ihn aufhalten. Es gab nur eine Möglichkeit.

Verzweifelt sah sie Kestrel an. Ich kann das nicht, dachte sie. Ihr war ganz schlecht. Aber ich muss! Es gibt keine andere Möglichkeit.

Mit klopfendem Herzen schwang sie sich auf Kestrels Rücken. Ihre Beine hatten noch nicht richtig seine Flanken berührt, als das graue Pony schon losstürmte. Aber Luna war so auf Tango konzentriert, dass sie gar keine Zeit hatte, Angst zu haben. „Los, mein Junge!“, feuerte sie ihn an.

Kestrel flog nur so den Weg dahin. Schon bald hatte er Tango erreicht. Luna klammerte sich mit den Knien fest, beugte sich hinüber und griff nach Tangos Zügeln.

„Brrrrr!“, befahl sie, während sie sich zurücklehnte, um die beiden Ponys anzuhalten. Kestrel kam mit einem Hüpfer zum Stehen, und Tango tat es ihm gleich.

„Luna! Du hast es geschafft! Du hast ihn eingefangen!"

Luna drehte sich um. Erin kam hinter ihr her den Weg entlanggerannt.

Als Erin sie erreicht hatte, schlang sie Tango die Arme um den Hals. „Oh, Tango! Ich hatte schon Angst, du könntest überfahren werden!" Sie wandte sich an Luna. „Du hast Kestrel geritten!"

Luna hatte das Gefühl, als würde ihr ganzer Körper kribbeln – die allerbeste Magie überhaupt! „Du warst klasse!", lobte sie Kestrel und tätschelte ihm den Hals.

„Ihr wart *beide* klasse", rief Erin. „Ich schätze mal, du hast dann jetzt keine Angst mehr davor, ihn zu reiten!"

Luna schüttelte den Kopf. Sie war so glücklich!

Erin stieg auf, und die beiden ritten zurück zum Stall. Als sie auf den Platz einbogen, entdeckte sie Jackie. „Luna! Du reitest ja Kestrel!"

„Stimmt!", meinte Luna, immer noch grinsend.

„Das freut mich." Jackie wirkte erleichtert. „Ich hatte schon angefangen mir Sorgen zu machen.

Möchtest du ihn heute Nachmittag zur Springstunde reiten?“

Einen Moment lang spürte Luna ihre alte Angst aufflackern. Aber sie schob sie schnell beiseite. „Ja, gerne.“

Für den Rest des Tages hatte sie das Gefühl zu schweben. Die Reitstunde verlief ausgezeichnet. Kestrel tat alles, was sie von ihm verlangte.

„Gut gemacht!“, lobte ihn Erin, als sie die Reitbahn verließen. „Du warst spitze, Luna!“

Fran und Katie ritten ohne ein Wort an ihnen vorbei.

„Ist Luna nicht super geritten?“, rief Erin den beiden grinsend hinterher. Sie verzogen keine Miene.

Luna und Erin kicherten. Luna stieg mit einem glücklichen Seufzer ab. Sie umarmte Kestrel. „Du bist das beste Pony der Welt“, erklärte sie. „Das allerbeste.“ Kestrel rieb seinen Kopf an ihr und hinterließ dabei eine Schaumspur auf ihrem T-Shirt. „Igitt, Kestrel!“, rief Luna. „Na ja, jetzt lohnt sich die Dusche nachher wenigstens“, sagte sie grinsend.

Luna und Erin vereinbarten, sich nachts gleich im Wald zu treffen. Davor wollte Luna unbedingt noch einmal die Hinterlassenschaft ihrer Mutter durchforsten. Vielleicht fand sie hier ja etwas, was ihr helfen würde, das Problem mit dem Seherstein zu lösen? Sie hatte solche Angst, dass sie es wieder nicht schaffen würde, ihn zu benutzen.

Nach dem Abendessen schlich sie sich in das Zimmer, in dem die Sachen ihrer Mutter aufbewahrt wurden. Sie hatte ihrem Vater nichts davon gesagt, denn sonst hätte er sicher Fragen gestellt. Und sie wollte ja nur rasch einen Blick werfen.

Sie wühlte sich durch eine Kiste, von der sie wusste, dass sie allerlei Krimskrams enthielt. Es erschien ihr jedoch nichts Nützliches dabei zu sein. Aber was war das? Ganz unten in der Kiste stieß sie auf eine Glaskugel. Vielleicht konnte sie ihr dasselbe zeigen wie der Seherstein? Sie musste es auf jeden Fall heute Nacht ausprobieren!

Nachdem ihre Eltern endlich ins Bett gegangen waren, flog Luna sofort zu Thor. Als sie bei ihm ankam, war Erin noch nicht da.

„Sieh mal, was ich bei den Sachen meiner Mutter entdeckt habe", begrüßte sie ihn. „Vielleicht kann ich die Glaskugel anstelle des Sehersteins benutzen? Lass es uns versuchen."

Sie setzte sich hin und nahm die Kugel in beide Hände. Dann konzentrierte sie sich, so fest sie konnte. Und da! Plötzlich ging von der Kugel ein Strahlen aus. Sie leuchtete in allen Farben.

„Siehst du?", rief Luna aufgeregt. „Es funktioniert!"

Thor schaute ebenfalls gebannt auf die Kugel. Aber dann passierte gar nichts mehr. Schließlich ließ das Strahlen nach, obwohl Luna sich noch immer fest konzentrierte. Enttäuscht ließ sie die Hände sinken.

„Sei nicht traurig", tröstete sie Thor. „Diese Kugel hat wohl eine andere Bestimmung. Aber in Wahrheit brauchst sie auch gar nicht. Ich habe überhaupt keinen Zweifel daran, dass du lernst, den Seherstein zu benutzen."

„Meinst du wirklich?", fragte Luna zweifelnd.

„Ich bin mir ganz sicher! Glaube an dich und du

wirst sehen, es wird funktionieren!" Luna spürte, dass er recht hatte. Im Grunde war es nur das, was zählte: Man musste an sich selbst glauben. Eine Weile schauten sie sich schweigend an.

„Gut", sagte Luna mit fester Stimme. „Ich werde es versuchen." Als sie gerade die Glaskugel in der Tasche ihres Kleides verschwinden ließ, ertönte über ihnen eine Stimme.

„Hallo!", rief Erin, die zwischen den Bäumen auftauchte. „Tut mir leid, dass ich so spät dran bin. Meine Eltern sind einfach nicht ins Bett gegangen." Ihre Augen blitzten vor Aufregung, als sie landete. „Wie lautet also der Plan für heute?"

Thor schnaubte. „Zuerst sollte Luna nachsehen, ob Kea in der Höhle ist. Wir müssen den Fängerstein heute Nacht holen. Falls sie dort ist, werde ich versuchen sie abzulenken, während ihr beide euch hineinschleicht."

„Muss ich wirklich einen Seherstein benutzen, um mich in die Vision zu begeben?", fragte Luna. „Kann ich nicht einfach versuchen, Regen durch das Loch des Fängersteins strömen zu lassen?"

„Wenn du eine erfahrenere Wetterzauberin wärst, hättest du vielleicht genug Macht, es ohne eine Vision zu schaffen. Aber du bist noch zu jung. Wenn du dich in einer Vision befindest, ist deine Magie am stärksten. Dann konzentrierst du dich am meisten. Wenn du in der Vision bist, musst du es mithilfe deiner Sternenstaub-Zauberkräfte regnen lassen. Den Regen musst du so bündeln, dass er direkt durch das Loch im Stein fließt. Dann werden sich alle Kräfte vereinen, der Stein wird zerbrechen und die Vision enden."

„Und ist dann Mistral wieder frei, um mit dir in den Himmel zurückzukehren?", fragte Erin eifrig.

„Nicht ganz. Aber um den Rest werde ich mich kümmern", antwortete Thor. „Doch bevor das geschehen kann, brauchen wir den Fängerstein. Wir haben keine Zeit zu verlieren. Benutze deine Magie, um zu sehen, ob Kea in der Höhle ist."

Schnell zauberte Luna eine Wolke herbei und verwandelte den Regen in einen Zauberstein aus Wasser. Sie konzentrierte sich auf die Vision und sah, dass die Höhle dunkel und leer war. „Sie ist noch nicht da!", berichtete Luna, als sie wieder zu Thor und Erin zurückgekehrt war.

„Dann lasst uns gehen, schnell!", drängte Thor. Er stellte sich auf die Hinterbeine. Luna hielt den Atem an, als er sich in seine Wolkenform verwandelte. Sein Fell glitzerte, und sein Körper wurde fast durchsichtig, wie ein Geist. Er galoppierte los, zwischen den Bäumen hindurch.

Luna und Erin folgten ihm rasch. Als sie zu dritt aus dem Wald kamen, galoppierte Thor zu den Mädchen hinauf in die Luft, wobei seine Mähne und sein Schweif um sie herumwirbelten. So schnell sie konnten, flogen sie über den Küstenstreifen, bis sie die drei Felsen vom „Ende der Welt“ gegen den Nachthimmel erkennen konnten.

„Vergesst eure Tarnung nicht“, warnte Thor sie. „Ich werde hier warten, falls Kea kommt. Notfalls werde ich sie ablenken, damit ihr entkommen könnt. Beeilt euch.“

„Das werden wir“, versprach Luna. Sie hatte wirklich nicht vor, länger als unbedingt nötig in der Höhle zu sein.

„Was glaubst du, wo die Höhle ist?“, flüsterte Erin, als sie an den Klippen entlangflogen. Unter ihnen schlugen die Wellen an den Strand.

„Ich weiß auch nicht so genau. Ich hab sie ja nur von innen gesehen. Wir tarnen uns jetzt besser, falls Kea zurückkommt."

Sie und Erin flüsterten „*Camouflagus!*", und ihre Körper nahmen die Farbe des Hintergrunds an. Luna konnte Erin neben sich fühlen, auch wenn sie sie nicht mehr sehen konnte.

Luna ließ den Blick über die Schatten der Felsenwand schweifen. Als sie in ihrer Vision in der Höhle war, hatte sie gerade noch die Spitze der Felsen vom „Ende der Welt" sehen können. Wo war diese Höhle? Plötzlich sah sie ein großes dunkles Loch, das halb von einem herausragenden Stein verborgen war. „Hier ist es!", zischte sie.

„Lass uns reingehen", drängte Erin.

Doch Luna war ein Gedanke gekommen: „Was, wenn Kea in der Zwischenzeit zurückgekommen ist, seit ich in den Zauberstein geschaut habe? "

„Es gibt nur einen Weg, das herauszufinden!" Erin flog auf die Höhle zu.

„Warte!", rief Luna erschrocken, aber Erin war bereits im Eingang verschwunden.

10

Luna folgte ihr rasch. Wer konnte wissen , was sie erwartete? Der Eingang war schmal, und Luna musste sich am Felsen entlangschieben. Als sie das Innere der Höhle betrat, spürte sie eine Welle der Erleichterung. Von Kea keine Spur.

„Erin?“, flüsterte sie und versuchte, die kalte, tintenschwarze Dunkelheit zu durchdringen.

„Hier bin ich“, antwortete Erin direkt neben ihr. „Es ist stockdunkel und echt gruselig.“

„Entlang der Wände hat es ein paar Kerzen“, erinnerte sich Luna. „Wenn wir Streichhölzer hätten, könnten wir eine anzünden.“

„Wer braucht schon Streichhölzer?“ Luna hörte, wie Erin die Felsvorsprünge abtastete. „Ich hab eine!“, sagte sie. „Feuer, komm herbei!“

Der Docht der Kerze, die Erin in der Hand hielt, loderte auf. Die Flamme war klein, aber das Licht reichte, damit Lunas Augen die Dämmerung durchdringen konnte. Sie sah den Kreis auf dem Boden. Sie spürte ein unangenehmes Kribbeln bei der Erinnerung, wie Kea das Hengstfohlen darin umhergescheucht hatte.

Dann schaute sie Erin an, die sich enttarnt hatte und die Kerze zurück auf den Felsvorsprung stellte. „Lass uns so schnell wie möglich den Fängerstein finden."

„Ich glaube, er ist hier drüben." Luna flog in den hinteren Teil der Höhle. Sie fand die Nische und griff hinein. Ihre Finger ertasteten eine Flasche, eine Schale, ein Stück Papier ...

Sie zog das Papier heraus. Es war dasselbe Blatt wie in der ersten Vision. In der Zwischenzeit war so viel passiert, dass sie es schon wieder ganz vergessen hatte. Sie las:

Wenn die Dunkle zurückkehrt,
wird sich das Tor ein weiteres Mal öffnen
und alle auf Erden in Schrecken versetzen.
Ist das Band jedoch zerrissen, werden sie
wieder behütet sein.

Doch sobald einer sich gefügig zeigt, wird
die Macht des Dunklen wachsen,
bis das erste Portal durch Magie zerbricht
und der Gefangene frei ist zu gehen.

Zwei Pforten halten Licht und Dunkelheit
im Gleichgewicht,
eine verloren in der Erinnerung, eine verloren
im Meer.
Die dunkle Tür wartet auf die Hand, die
sie schuf,
die andere liegt nahe des flüsternden Baumes,
zwar tief unter Tage, so wird sie doch
vom Mondlicht erhellt.
Und wenn sie gefunden wird, können zwei
frei sein.

Doch Gefahr lauert im neuen Portal!
Fürchte dich vor dem dunklen Pferd, das in
den Himmel springt.
Mit Pfeilen des Feuers und in Richtung
der grauen Feder

müssen zwei helfen, oder alle Hoffnung stirbt. Wenn die dunkle Macht nicht besiegt wird, wird nie wieder ein Wolkenhengst im Himmel sein.

Luna starrte auf den Text. Was sollte das alles bedeuten? Und um welche Portale handelte es sich hier?

„Luna, was machst du denn da?“, zischte Erin ungeduldig.

Luna schob das Blatt in ihre Tasche. Sie hatte jetzt keine Zeit, weiter darüber nachzudenken. Sie tastete wieder in dem Felsloch herum. Da war das Glas und da ... ja, das war er! Ihre Finger schlossen sich um einen Stein. Sie zog ihn heraus und erkannte im schwachen Kerzenschein, dass es sich um den hellbraunen Stein mit dem Splitter in der Mitte handelte. Innerlich jubelte sie. „Ich hab ihn!“, rief sie Erin zu.

„Lass uns von hier verschwinden!“, meinte Erin. „Wir tarnen uns besser wieder, falls Kea unterwegs hierher ist.“

Sie murmelten beide „*Camouflagus!*“ und waren nicht mehr zu sehen.

Doch als sie den Höhleneingang erreichten, hörten sie von draußen eine Stimme.

„Du da, Wolkenhengst! Was willst du hier?“

Luna erstarrte. Kea war zurückgekehrt!

Sie hörten ein Wiehern. „Ich bin gekommen, um meinen Sohn zu retten!“

„Kea ist da draußen“, zischte Luna entsetzt. „Was machen wir denn jetzt?“

Einen Moment lang war es still. „Bleib getarnt“, flüsterte Erin. „Wir versuchen uns rauszuschleichen, während Kea mit Thor redet. Sobald wir draußen sind, müssen wir mit dem Fängerstein verschwinden. Wir verstecken uns dort unten zwischen den Felsen, damit du den Zauber vollbringen und Mistral befreien kannst.“

„Aber was ist mit Thor?“, fragte Luna unbehaglich.

„Wir werden ohne ihn anfangen müssen“, antwortete Erin. Draußen erklang wieder ein lautes Wiehern. „Komm schon!“

Die beiden Mädchen nahmen sich an der Hand und schoben sich am Eingangsfelsen vorbei. Bleib getarnt, bleib getarnt, beschwor sich Luna selbst. Konzentrier dich!

Als sie schließlich ins Freie traten, musste sie einen erschrockenen Laut unterdrücken: Kea schwebte in der Luft, nur wenige Meter von ihnen entfernt. Ihr gegenüber stand Thor. „Du wirst mich nicht aufhalten, Wolkenhengst!“ Sie hob die Hände. „Ich werde den vierten Stein bekommen, und dein Sohn wird mir dabei helfen.“

Thor stürzte sich ihr wütend entgegen. Während des Sprungs wurde er größer und größer. Er schlug mit den Vorderhufen aus.

Kea wich zurück. „Halt!“, befahl sie und deutete mit beiden Händen auf ihn. Er war nun dort gelandet, wo sie gerade noch geflogen war.

Weiße, spinnwebenartige Seile tauchten aus dem Nichts auf und wickelten sich um den Hengst. Thor kämpfte und schlug aus, doch die Seile wickelten sich wie Schlangen um seinen Körper, bis er sich nicht mehr bewegen konnte.

Kea drehte ihre Hände in der Luft, sodass die Seile immer enger und enger wurden. Thor versuchte, sich zu befreien, aber es gelang ihm nicht. Luna hielt es nicht mehr aus. Sie wollte zu ihm.

„Nein!“, zischte Erin ihr ins Ohr und riss sie zurück. „Wir können ihm nicht helfen, Luna! Kea ist zu mächtig für uns.“

„Aber wir können ihn doch nicht einfach hier zurücklassen!“ Verzweifelt sah sie zu, wie die Seile Thor in die Knie zwangen. Kea lachte höhnisch.

„Wir müssen es einfach.“ Erin drückte fest ihre Hand. „Das würde auch er so wollen. Wir müssen Mistral befreien!“

Und ehe Luna es sich versah, hatte Erin nach dem Stein gegriffen und war davongeflogen. Luna sauste hinterher, hinunter zu den Felsen vom „Ende der Welt“. Die drei rätselhaften Steine schienen im Sternenlicht zu funkeln.

Luna sah, wie Erins Tarnung kurz nachließ, als sie im Schatten zwischen den beiden hohen Felsen landete. Das war ein gutes Versteck. Hier konnten sie nur gesehen werden, wenn jemand direkt über sie hinwegflog. Sie gesellte sich zu ihrer Freundin und enttarnte sich ebenfalls.

„Hier!“ Erin drückte ihr den Fängerstein wieder in die Hand. „Vollbring den Zauber!“

Luna spürte Panik in sich aufsteigen. „Aber ich weiß gar nicht genau, was ich tun muss.“

„Mach einfach das, was Thor dir gesagt hat“, meinte Erin. Sie sah ihre Freundin durchdringend an. „Du kannst das, Luna!“

Luna kniete sich hin. Was hatte Thor gesagt? „Wasser aus der Erde hat ihn geschaffen, und Wasser aus dem Himmel kann ihn zerstören.“

Luna versuchte, Klarheit in ihre Gedanken zu bringen. Ich muss den Seherstein benutzen, um mich in eine Vision zu begeben. In der Vision muss ich es regnen lassen und die Form des Regens dann ändern, sodass der Regen durch das Loch im Stein fließt. Der Stein wird zerbrechen, die Vision enden, und Thor wird den Rest erledigen. Das hat er gesagt.

Aber wie kann er das, wenn Kea ihn gefangen hält?, überlegte sie.

Unruhig rutschte Luna auf den Knien hin und her. Der Kies war kalt und nass. Wie lange war Kea mit Thor noch beschäftigt? Sobald sie in die Höhle ging, würde sie schnell feststellen, dass der Stein fehlte. Und was war dann?

Luna legte den Fängerstein in ihren Schoß und nahm den Seherstein aus ihrer Tasche. Sie musste mit dem Zauber beginnen. Sie musste ihren Teil erfüllen, und anschließend konnten sie sich um Thor kümmern. Erneut stieg Panik in ihr auf. Was, wenn sie es nicht schaffte? Was, wenn Kea irgendwie merkte, was sie vorhatte, und in ihre Vision kam, um sie aufzuhalten?

Luna biss sich auf die Unterlippe. Es war das gleiche Gefühl wie heute Morgen, kurz bevor sie auf Kestrels Rücken kletterte. Sie hatte Angst.

Aber bei ihm habe ich es auch geschafft, machte sie sich Mut. Sie verdrängte das Rauschen des Meeres und den harten Kies unter ihren Knien. Stattdessen konzentrierte sie sich ganz auf den Seherstein.

Ich will den Fängerstein zerstören, dachte sie.

Kea ist mir ganz egal. Ich will nur den Fängerstein zerstören.

Eine Welle der Dunkelheit überrollte sie, alle Geräusche erstarben. Dann lichtete sich die Dunkelheit. Zu ihrer großen Überraschung stellte Luna fest, dass sie sich genau an dem gleichen Ort befand: Sie kniete auf dem Boden zwischen den drei Felsen vom „Ende der Welt". Der Fängerstein lag in ihrem Schoß, und sie hielt den Seherstein in der Hand. Doch es war niemand außer ihr da. Das Meer war still und reglos, der Himmel tiefschwarz ohne einen einzigen Stern.

Lunas Hände zitterten. Sie befand sich in einer Vision. Und das hier war ihre Chance, den Fängerstein zu zerstören. Sie erinnerte sich an Thors Worte und sah hinauf in den Himmel.

„Regen, komm herbei!“, rief sie.

Über ihr bildete sich eine Wolke, aus der sofort Regen fiel. Luna blickte auf das Loch im Fängerstein. Dort musste sie einen Wasserstrahl durchfließen lassen. Sie konzentrierte sich auf den Regen und stellte sich vor, wie die Wassertropfen sich zu einem einzigen Strahl bündelten.

Die Tropfen formten einen Wasserball. Magie floss knisternd durch Lunas Körper. Sie spürte, wie sich die Energie in ihren Fingerspitzen sammelte. Schnell schickte Luna sie in Richtung des Wasserballs am Himmel. Funken stoben, und dann fiel der Wasserball in einer geraden Linie herunter, wie ein Strahl aus dem Wasserhahn. Luna schnappte sich den Fängerstein und hielt ihn mit der rechten Hand in die Luft. Das Wasser schoss aus dem Himmel und direkt durch das Loch im Stein.

Ein wilder Schrei zerriss die Luft. „Nein!“

11

Luna sprang erschrocken auf. Plötzlich befand sie sich nicht mehr in der Vision. Da war das Geräusch der Wellen wieder, der kalte Kies unter ihren Beinen, die Sterne am Himmel …

Sie merkte, dass es im richtigen Leben genau wie in ihrer Vision regnete. Weil sie ihre Konzentration verloren hatte, bildete der Regen wieder Tropfen. Nein, dachte Luna, und versuchte ihn wieder zu bündeln. Sie hob den Fängerstein hoch, um damit den Regen aufzufangen. Sie musste das Wasser durch das Loch fließen lassen, um den Zauber zu vollbringen!

„Luna!“, rief Erin. „Kea hat uns entdeckt!“

Luna drehte sich blitzschnell um. Kea kam auf sie zugeschossen. „Du wirst mich nicht aufhalten!“, rief Kea und hob die Hände. „Regen, komm herbei!“

Während Keas Aufmerksamkeit sich Luna zuwandte, ließ ihre Macht über Thor nach. Mit den Vorderhufen konnte er die nebligen Seile zerreißen. Kea merkte es noch nicht einmal, denn sie war so damit beschäftigt, den Regen, den sie heraufbeschworen hatte, in einen Wasserstrahl zu verwandeln.

„Du wirst das nicht tun!“, zischte die dunkle Elfe und richtete ihren Wasserstrahl gegen Lunas Regenwolke, um sie zu vertreiben. Doch als das Wasser auf die Regenwolke traf, gab es einen grellen weißen Blitz, und die Regenwolke explodierte. Wasserpfeile schossen durch den Himmel. Kea schrie erschrocken auf, denn eine Explosion hatte sie offensichtlich nicht erwartet.

Ein Wiehern erklang. Thor, der sich von den letzten Fesseln befreit hatte, kam zu ihnen galoppiert.

„Was geschieht da, Thor?“, rief Luna aufgebracht, als er neben ihr auf dem Kies landete.

„Ich weiß es nicht. Als Keas Zauberkraft auf deine traf, gab es eine magische Explosion. Warum, verstehe ich nicht." Er brach ab, als einer der Pfeile durch den Fängerstein flog, den Luna immer noch in die Luft hielt. Es gab ein krachendes Geräusch, und der braune Stein zerbrach in Lunas Hand. Nebel kam herausgeströmt. Luna ließ den Stein erschrocken fallen.

„Nein!" Kea stürzte auf sie zu.

Doch im selben Moment schossen Wasserpfeile durch das Loch im großen Felsenzauberstein. Er explodierte mit einem enormen Knall. Felsbrocken flogen durch die Luft. Einer streifte beinahe Keas Bein. Sie schrie auf und konnte ihm gerade noch ausweichen.

„Luna! Pass auf!", rief Erin, als größere und kleinere Felsbrocken durch die Luft wirbelten. Luna holte den Schutzstein aus ihrer Tasche. „Beschütze uns!", keuchte sie. Es hagelte weiterhin Steinbrocken, aber nun schien keiner näher als einen Meter von Luna und Erin entfernt herunterzufallen.

Thor schien von alledem nicht betroffen zu sein. Keiner der Felsbrocken hinterließ eine Spur an seinem Wolkenkörper. Er trat nach vorn und hatte den Blick dabei fest auf den schimmernden Nebel gerichtet, der über dem Stein schwebte.

„Ist das Mistral?“, fragte Erin.

Thor antwortete nicht. Er schien von dem Chaos um ihn herum gar nichts wahrzunehmen. Stattdessen berührte er mit dem Maul sanft den Nebel. Thor hauchte ein Wort, das aus vielen s-Lauten zu bestehen schien. Luna hörte hin und wieder ein leises Zischen.

Der Nebel wurde dichter und bildete eine Form – die Form eines jungen Hengstfohlens. Es wurde größer und größer. Als es schließlich vor ihnen stand, war sein Rücken auf einer Höhe mit Lunas Schulter. Seine Augen hatten den gleichen stolzen Blick wie die von Thor.

Thor wieherte voller Freude. „Mein Sohn!“

Das Fohlen schlug mit den Vorderbeinen durch die Luft und schüttelte seine stoppelige Mähne. „Vater!“

„Du bist frei!“, sagte Thor feierlich.

Über ihnen erklang ein wütender Schrei. „Nein!“

Mit verzerrtem Gesicht sah Kea das Fohlen an. Sie hob die Hände.

„Feuer, komm herbei!" Erin streckte schnell die Hand aus. Ein Feuerball flog aus ihren Fingern direkt auf Kea zu.

Die konnte ihm gerade noch ausweichen. Doch sie hatte keine Zeit, sich zu erholen, denn Thor galoppierte zu ihr.

Kea schrie wieder. Thor bäumte sich über ihr auf und wirbelte mit den Vorderbeinen durch die Luft. Kea duckte sich unter seinen Hufen weg. Doch Thors Körper schien zu wachsen und sich auszubreiten, bis er sie fast umhüllt hatte. Kea drehte sich um und floh. Thor machte sich mit angelegten Ohren und wütend blitzenden Augen an die Verfolgung. Doch plötzlich schien sich Kea in Luft aufgelöst zu haben. Sie musste sich getarnt haben. Wo war sie?

Thor versuchte mit seinen Nüstern ihre Witterung aufzunehmen. Sein Blick war wachsam. Er hielt einen Moment inne, dann schüttelte er triumphierend die Mähne, drehte sich um und kam zu ihnen zurückgaloppiert. „Die dunkle Elfe ist geflohen", erklärte er voller Genugtuung. Er landete elegant auf dem Kies neben Mistral.

„Mein Sohn, das hier sind Erin und Luna", stellte Thor sie vor. Luna sah die Dankbarkeit in seinen Augen und streckte Mistral die Hand entgegen. „Sie haben geholfen, dich zu befreien", erklärte Thor.

„Ich schulde euch viel", wieherte Mistral.

„Ich weiß auch nicht so genau, wie wir das gemacht haben", meinte Luna verwundert. „Ich

dachte, du hast gesagt, ich muss in einer Vision sein?"

„Weil ich annahm, dass nur dann deine Macht stark genug ist, um den Fängerstein zu zerbrechen", antwortete Thor. „Und das hätte auch gestimmt. Aber als der Wasserstrahl, den du vom Himmel herunterbeschworen hast, auf den von Kea traf, gab es eine magische Explosion. Und die hat so viel Energie freigesetzt, dass es nicht nur den Fängerstein, sondern auch den riesigen Zauberstein hier am ‚Ende der Welt' zerschmettert hat."

„Aber warum?", wollte Erin wissen.

Thor sah Luna an. „Da bin ich mir nicht ganz sicher. Aber es gibt nur eine Erklärung. Erinnerst du dich, was ich über die Stärke von Familienbindungen gesagt habe, die bei der Wetterzauberei so wichtig sind?"

Luna nickte. „Ja, du hast gesagt, es sei besser, die Zaubersteine meiner Mutter zu verwenden, weil sich dann meine Magie mit ihrer Magie vereint."

Thor nickte. „Das liegt daran, dass eine Verbindung zwischen der Magie von Wetterzauberern besteht, die miteinander verwandt sind. Gemeinsam werden die Zauberkräfte umso stärker. Ich denke, das ist hier eben passiert."

Luna runzelte die Stirn. Das ergab aber keinen Sinn! „Ich bin doch nicht verwandt mit Kea."

Thor stieß langsam den Atem aus. „Doch, ich könnte mir vorstellen, dass du das bist."

Einen Moment lang herrschte Stille.

„Oh", hauchte Erin. Sie warf ihrer Freundin einen Blick zu, als würde sie sie mit ganz neuen Augen betrachten. „Ich schätze, du siehst ihr schon ein bisschen ähnlich."

„Nein!", rief Luna und schüttelte den Kopf. „Ich kann nicht mit Kea verwandt sein! Das wüsste ich!" Thor musste sich täuschen. „Das kann einfach nicht sein. Meine Mutter war ein Einzelkind und meine Großmutter auch. Ich habe keine Tanten oder Cousinen oder sonst irgendwelche Verwandten."

Thor sah sie mitfühlend an. „Ich verstehe auch

nicht, wie es sein kann. Ich weiß nur, dass es eine mögliche Erklärung ist, warum es eine solch heftige Explosion gab, als deine Magie auf die von Kea traf."

Erin drückte Lunas Hand. „Vielleicht gibt es noch eine andere Erklärung", beruhigte sie Luna.

„Ja! Das muss es!", beharrte Luna.

„Vergessen wir es jetzt einfach. Was zählt, ist, Thor und Mistral wieder sicher in den Himmel zu bekommen", meinte Erin. „Und wie machen wir das, jetzt, wo das Portal zerstört ist?"

„Wir müssen ein anderes Portal finden", erklärte Thor. „Aber ich bin mir nicht sicher, wo."

Seine Worte erinnerten Luna plötzlich an etwas. Sie schob die Gedanken an Kea zur Seite und zog das Stück Papier aus ihrer Tasche. „Wartet mal. Das hier habe ich in der Höhle gefunden. Erinnert ihr euch an die Prophezeiung, die Kea in jener Nacht verkündet hat, als Mistral durch den großen Zauberstein kam? Das hier ist derselbe Wortlaut. Hört mal zu." Sie las die ersten sechs Zeilen vor:

Wenn die Dunkle zurückkehrt,
wird sich das Tor ein weiteres Mal öffnen
und alle auf Erden in Schrecken versetzen.
Ist das Band jedoch zerrissen, werden sie wieder behütet sein.
Doch sobald einer sich gefügig zeigt, wird die Macht des Dunklen wachsen,
bis das erste Portal durch Magie zerbricht
und der Gefangene frei ist zu gehen.

Luna brach ab. „Dieser Teil ist schon wahr geworden."

Erin nickte. „Das Portal ist durch Magie zerborsten, und Mistral wurde befreit."

„Geht die Prophezeiung noch weiter?", wollte Thor wissen.

„Ja", erklärte Luna. „Es heißt:
Zwei Pforten halten Licht und Dunkelheit im Gleichgewicht,
eine verloren in der Erinnerung, eine verloren im Meer."

„Zwei weitere Pforten", wiederholte Thor. Er

war plötzlich hellhörig geworden. „Die im Meer verlorene ist der vierte Felsen. Aber es klingt, als gäbe es noch eine andere."

„Und es scheint, als hätten wir hier einige Hinweise, wo die Pforte zu finden sein mag." Luna hielt das Blatt Papier hoch.

„Wir werden danach suchen, Thor", versprach Erin, die Mistrals Mähne streichelte. „Und wir werden nicht eher aufgeben, bis wir sie gefunden haben und du und Mistral in euer Wolkenreich zurückkehren könnt."

„Dafür sind wir euch sehr dankbar", erwiderte der Wolkenhengst.

Lunas Gedanken überschlugen sich. So viel war in dieser Nacht passiert. Mistral war befreit, und irgendwo dort draußen gab es noch ein weiteres Portal. Irgendwo dort draußen war aber auch Kea. Das Bild der dunklen Elfe schwirrte in Lunas Kopf herum. So wie Kea in dem Moment ausgesehen hatte, als sie Luna in ihre Vision gelockt hatte. Das Lächeln war ihr irgendwie vertraut vorgekommen.

Es war mein eigenes Lächeln!, begriff Luna schlagartig.

Sie spürte, wie Erin ihre Hand nahm, und das Bild von Kea verblasste. Luna reckte entschlossen das Kinn. Sie schauten in den Nachthimmel. Eine Sternschnuppe fiel direkt vor ihren Augen vom Himmel. Es war Luna egal, wer Kea war. Sie hoffte, dass sie sie niemals mehr wiedersehen würde.

Wir werden das verlorene Portal finden, dachte sie. Kea wird uns nicht aufhalten. Wir werden Thor und Mistral befreien!